# 目　录 | CONTENTS

## 卷三　愿为西南风，长逝入君怀

# 目 录 | CONTENTS

# 目　录 | CONTENTS

# 序

这是一个玫瑰与炮弹共同绽放的时代，这是一个长衫与豪气一齐飞扬的时代。在这个时代，胡适、徐志摩、张学良等名士才子次第登场，他们在做精神领袖的同时还拥有缱绻的柔情蜜意；张爱玲、林徽因、陆小曼等才女名媛纷纷亮相，她们在书写才华之时还期待着生命中最惊艳的相遇。

风光的背后皆为沧桑，传奇的佳话意味着独自承受更多。也许是“结发为夫妻，恩爱两不疑”的甜蜜交好，也许是“愿为西南风，长逝入君怀”的美丽忧愁，也许是“相思了无益，悔当初相见”的无可决绝，也许是“愿得一人心，白首不相离”的忠贞美好。

在这里，有最风花雪月的传奇故事，也有最空灵浪漫的悠悠情诗。无论男人还是女人都有着独特的风骨和丰富的情感，他们的爱情在时光里封存，在人心间流转，不尽相同却都刻骨铭心，已成往事又历久弥新。

本书所写的十二对男女皆为处于往昔时代风口浪尖的弄潮儿，通过对他们爱情故事的讲述，相信你一定会读懂爱情更多的姿态与更深长的意味。

这些佳话，是爱恋，是绝唱，更是如诗的岁月，如酒的芬芳。

翻开本书，将会重新感受发生在民国的风花雪月。愿这风月能拂起你嘴角的一丝微笑，能抚平你心中的些许急躁。

# 卷一

## 结发为夫妻，恩爱两不疑

## 一生守护一世情
## 钱锺书和杨绛的传奇恋曲

佛说：五百年的回眸才换来今生的擦肩而过。我说，今生的相遇，是前世不离不弃的结果。风吹絮飞，雾散云拢，红尘万丈终有时，前尘莫负今生聚。此去经年，爱情一如昨。有多少爱情故事在悲恸离殇时红了眼，又有多少爱情故事在欢聚圆合间暖了心。

古树下的那一眼，流盼迤逦，注定逃不过心的跳动；刹那光华，逝去的只是岁月的长度，却挽住了生命的厚度。一见倾心的相爱，能否敌过相守的点滴；一生一世的相恋，终究只是一个传奇。在这个传奇的恋曲里，又有多少伴侣在柴米油盐酱醋茶里，磕磕绊绊，化为不能离弃的相知，臻至爱的高度。

钱锺书、杨绛这对才子佳人用六十多年的相知、相爱、相守诠释了爱的真谛，他们向世人宣告一生一世的爱恋并不遥远，一见倾心的爱恋也能够在柴米油盐酱醋茶里存在。

他们爱得宽容，爱得真切，他们是各自走进围城的理由，不愿走出围城的依据，他们一起在围城里构筑爱的城堡。

## 缘来缘去古月堂

钱锺书、杨绛都是中国文学史上闪耀的两颗星，一个著作风靡中国乃至许多国家的《围城》，一个翻译了被誉为最好版本的《堂·吉诃德》。

都说人不轻狂枉少年，钱锺书在二十出头时便有着傲人的资本。虽然进入清华学堂是破格录取，数学也只有15分的成绩，但是这并没有成为他自卑的通行证。相反，钱锺书凭借着他博学的才华名扬清华。

清华大学的著名教授吴宓更是如此赞赏钱锺书：“自古人才难得，出类拔萃、卓尔不群的人才尤其不易得。当今文史方面的人才，在老一辈中要推陈寅恪先生，在年轻人首推钱锺书，他们都是人中之龙，其余如你我，不过尔尔。”

钱锺书可谓是清华大学的风云人物。相较于初露锋芒的钱锺书，彼时杨绛只是借读于清华大学的新生，不忙不赶地泡在清华图书馆，默默充实着自己的精神口粮。两个人就这样在各自的小世界里忙碌着，对即将到来的美好姻缘全然不知。

他们的相识与一般情侣并没有什么不同，只是在倾心的那一刻便有了相守到老的誓言。有人说，爱情源于心动，在我看来，爱情源于心定。

在清华，图书馆是杨绛留下脚迹最多的地方，爱书的她常常埋头于书架旁，做一位如饥似渴的求知者。正是此类相似的气质吸引着同样爱书如痴的钱锺书。

1932 年春，丁香盛开，紫藤成瀑的清华园，弥漫着袭人的幽香。如此甚好的春光，明媚着每一个人的心。这一天，与杨绛同来的借读的一位同学孙令衔来古月堂找她。当她钻出古月堂时，便见到了清华出名的才子——钱锺书。

原来孙令衔与钱锺书是表兄弟关系。此次匆匆的会面，两人并未说一句话，只是都在各自的脑海里留下了深刻的印象。一如后来杨绛在《记钱锺书与〈围城〉》中所追述的：初次见他，只见他身着青布大褂，脚踏毛布底鞋，戴一副老式眼镜，满身儒雅气质。这样一位眉宇之间见风雅的瘦弱书生，让杨绛觉得此人“蔚然而深秀”。

而钱锺书对眼前与自己不语一言的女子，有着难忘的深刻印象：“缬眼容光忆初见，蔷薇新瓣浸醍醐。不知靧洗儿时面，曾取红花和雪无。”这样一位儒雅而带狂气的文弱书生，在面对自己情窦初开的那一刻，便知道此生的伴侣非杨绛莫属。

一如在书间泼墨挥毫之遽快，面对喜欢的人，钱锺书也是快意决定。于是迅提笔速写了一封简短的信给杨绛，约她在工字厅会客室相见。迥异于他人表达喜爱之情的方式，钱锺书一见面就说自己要澄清一个事实，即自己并未与叶恭绰的女儿订婚。相对于钱锺书如此的坦白，杨绛亦缓缓地说到自己也并非费孝通的女朋友。

从此，古月堂前等待女友的队伍里多了一道清瘦的身影——钱锺书。

花前月下，依偎身旁，任时间在浪漫间流失。钱锺书和杨绛并不钟意这样的恋爱方式，而是选择一条在学业上互帮互助，心灵上理解沟通，精神上相互依偎的爱情之路，在文学上共同搭建他们的爱之巢。

工字厅会客室也成了他们下课就趋之前往的老地方，在这里，他们互相分享着自己喜欢的书籍，有时候也谈谈人生，聊聊理想。

“志气不大，只想贡献一生，做做学问。”这是他们共同的志趣，而如此默契的情投意合更是渐渐拉近了他们的距离。闲暇时间里，乘着阒无人声的墨黑的夜空，在气象台宽宽的石阶上，坐着闲聊片刻，亦是他们另有的乐趣。

都说深陷爱情龙卷风的人是一位好诗人，写出的诗更是表达了炙热的情意。在民国时代，电话是一件奢侈品，而写信则是传递思念的飞鸿。他们也不例外。给杨绛一封一封地写情诗成了钱锺书每天必做的事情，一天一封，就如日子一天一天溜走一样，从未少过。而杨绛也知道每次和好友散步回屋时候，就知道屋里的桌上一定有封信在翘首以待主人的亲启。

1933 年夏天，钱锺书毕业了，应父亲的要求，到光华大学任教，而杨绛则留在清华继续读书。如此一来，相距千里的两人便难以如以往般可以每天见到那熟悉的笑容。

在这分别的岁月里，一如《诗经·王风·采葛》所描写：

彼采葛兮，一日不见，如三月兮；
彼采萧兮，一日不见，如三秋兮；
彼采艾兮，一日不见，如三岁兮。

信，便如青鸟一般，一次次飞往爱的人的手上，把缠绵的情丝一点点解剖给爱的人看。钱锺书在分离的这段时间里，写了许许多多的信，同时也写就很多情诗，聊以表达此刻的心情。

如《壬申（1932）年秋杪杂诗》：

缠绵悱恻好文章，粉恋香凄足断肠。答报情痴无别物，辛酸一把泪千行。

依穰小妹剧关心，髾辫多情一往深。别后经时无只字，居然惜墨抵兼金。

良宵苦被睡相谩，猎猎风声测测寒。如此星辰如此月，与谁指点与谁看。

困人节气奈何天，泥煞衾函梦不圆。苦雨泼寒宵似水，百虫声里怯孤眠。

十六行诗句，无一字不在表达钱锺书在这秋风寥落的日子里对杨绛无比的思念，想着如何把如此浩瀚的星辰，如此洁白的轮月指点给杨绛看。

再如“除蛇深草钩难着，御寇颓垣守不牢”一句将宋明理学家的语录熔铸在诗里，清新如画，却不落理障，把对杨绛的思念细细地流露在纸上。

以书信的方式来诉说心里的话，无声的告白却胜似有声的言说。许多的情侣以飞鸿传书始，但是真正坚持下去的又有多少人？一天一封甚至两封的又有多少？

有人会说天天写，有什么可说的呢，还不是那几句话，“吃过饭没”“天气怎么样”“注意身体”。但是正是这些简简单单的句子、平常的语言，饱含太多太多的关怀和爱在里面，平常之人怎么可能把你的一切挂在嘴边？放在心间嘘寒问暖也是爱的一种表达方式。

钱锺书和杨绛他们之间就是在这样简简单单平平凡凡的生活中相濡以沫，深爱着对方。即使在艰难的“文化大革命”期间，钱锺书下放到干校，每天一封信也不曾改变，“杨季康收”，“杨绛收”字样的信成了邮箱里的常客。

回到无锡老家的钱锺书并没有把自己与杨绛的恋爱关系告诉父亲钱基博。不料有一次，杨绛的信落在了钱基博的手里，钱基博好奇，拆开看了下信，对写信的人大加赞赏。在信件中，杨绛与钱锺书谈论婚假的事情：现在吾两人快乐无用，须两家父亲兄弟皆大欢喜，吾两人之快乐乃彻始终不受障碍。

看到此处，钱基博就认定了这位懂事大方，能体贴父母，顾及家庭的女孩儿是他们钱家的如意媳妇。于是在不征求钱锺书意见的情况下，就提笔给杨绛写了一封言辞恳切的信，把自己从小娇生惯养的儿子托付给了杨绛。

与此同时，钱锺书也去杨绛家里拜访了她的父亲杨荫杭。杨荫杭对这个乘龙快婿甚是满意，认为他们两人的结合就是门当户对，天作之合。

1933 年，两家人在苏州某饭馆摆了几桌酒宴请了两家的至亲好友，相当于给两人举行了一个简单的订婚礼。

订婚后，两人各赴他乡，一个往北走，去继续未完的学业，一个赶赴上海，投身教育事业。

时光荏苒，温情不变。他们携手用真情写下爱情的传说。

## 为爱漂洋过海

1935 年 4 月，钱锺书以总分数最高的成绩考取了庚子赔款公费留学生。当时报名人数总共 300 人，录取的人数只有 24 人，英国文学专业只招录 1 人。可见竞争的激烈性。而钱锺书的总成绩最高，可见钱锺书的卓尔不群。

这是一个令钱杨两家人都高兴的事情。钱锺书把准备赴英留学的消息告诉杨绛，并且殷切希望她能够陪同一起出国。但是杨绛此时仍然是清华研究生院的一名学生，虽然学校也有提供出国留学的机会，但是并不包含外文系，即使出国也需自费。

在杨绛看来，钱锺书生长于书香世家，从小生活的环境就优于平常家庭，假如钱锺书孤身一人前往英国，对于这样一个书生来说，日常生活岂不是成了难事，会时刻烦扰钱锺书的学习。

假如自己陪同他一起出国，既可以浏览许多书中记载的风俗民情，还可以照料钱锺书，让他一心一意在学术上做出大成就。于是杨绛决定和钱锺书一起去遥远的英国。

许多情侣在面对爱情和面包的时候，都会被现实击败，选择面包，追寻所谓的理想。而在杨绛的身上，面包可以有，爱情亦不能抛弃。

爱，就要爱得干脆；爱，就要爱得勇敢。这样一个面容白皙清秀，个头不高的女子，在爱的旅途上值得所有人敬佩。

1935 年夏，杨绛和钱锺书在钱杨两家各举行了一次婚礼。身为钱家的长房长孙，此次婚礼自然是不能小觑，不能有半点马虎的。婚礼上张灯结彩，披红挂绿，极为热闹隆重。而他们结婚的这一天是一年中最热的时候。

正如杨绛所说的：“结婚穿黑色礼服。白硬领圈给汗水浸的又黄又软的那位新郎，不是别人，正是钱锺书自己。因为我们结婚的黄道吉日是一年里最热的日子。我们的结婚照上，新人、伴娘、提花篮的女孩子、提纱的男孩子，一个个都像刚被警察拿获的扒手。”

来到英国牛津大学，两人一如在国内一样嗜书如命般享受牛津大学图书馆的这顿饕餮之餐。只是初来乍到，杨绛对英国还是不太适应，加之乡愁迭起，每天都睡得很晚。

某一天早上，当晨曦乍现，杨绛还在睡得酣甜，“拙手笨脚”的钱锺书早已在厨房里忙得不可开交，他煮好了鸡蛋，烤了面包，热了牛奶，还做了醇香的红茶，只待美丽的女主人起来品尝。做好之后，钱锺书来到床前，唤醒梦中的杨绛，然后就着床铺支起一张用餐的小桌子，把做好的早餐放在小桌子上。

睡眼惺忪的杨绛看着眼前丰富的早餐，激动不已。吃着丈夫做的饭，杨绛满面都洋溢着幸福的笑容，幸福地说："这是我吃过的最香的早饭。"两人相视一笑。简单的早餐是如此幸福，真是羡煞了那升腾的日光。

两人在油盐酱醋茶之外更是有着属于他们自己独特的欢乐时光——读书竞赛。每次从图书馆借来许多的书，涉猎包括文学、哲学、心理学、历史等各种图书，一本接着一本地读，并且做了详细的笔记。两人都是废寝忘食，不知疲倦地沉浸在阅读的快乐中。而每次，两人竞赛的结果都不分伯仲。

有一次，钱锺书和杨绛分享读书的心得，钱锺书说："一本书，第二遍再读，总会发现读第一遍时会有许多疏忽。最精彩的句子，要读几遍之后才会发现。"而杨绛则不这么看，认为自己阅读更多的是随意性，好书可以多看几遍，至于不感兴趣的书籍则浏览一番即可。

信步幽宁的小径也是两人从清华时期起就不曾缺席的一环，他们管这叫“探险去”。在牛津，每次吃过早饭后，他们就出门散散步，晚饭之前，他们也是必定出去走走。他们散步走得很慢，大多数都在玩，互相说些开心的话题，而且总是挑一些不认识的路走，随处发现有趣的事物，使散步犹如在探险。

这样的一对夫妻能在忙里闲云野鹤，偷得属于他们之间的快乐时光，琴瑟和鸣，羡煞旁人。

两人都想要一个女儿，只是一个说是像他的，一个说是像她的，都在心里装着彼此。

在快要临产之际，钱锺书很早就陪杨绛到产院去订下单人病房并请女院长介绍专家大夫。尽管两人捉襟见肘，节约各样的费用，但是钱锺书还是郑重其事地对待此事，预订昂贵的病房，坚持把最好的给予爱的人。

女儿出生的那天，钱锺书来来回回跑了医院四次。寓所离产院不算太远，但是没有直达的公交，只能横穿几道平行的公交车路步行而至。前两次都没有见到妻女，第三次来的时候看见躺在床上昏昏睡着的杨绛，第四次则已是午茶之后。此时杨绛已经清醒，护士也特地把刚出生的孩子从婴儿室抱出来给爸爸看。

多么神奇，这是一个鲜活的生命，更是他们爱情的结晶与延续。钱锺书抱着自己的女儿，甚是激动，仔仔细细地看了又看，看了又看，然后得意地说："这是我的女儿，我喜欢的。"

杨绛得知丈夫已经来来回回走了七趟了，担心他累坏了，便嘱咐他坐汽车回去。

在杨绛住院的这段时间，一直是钱锺书操持家里的所有事情，然后到产院探望。每次面对杨绛的时候，钱锺书都苦着脸说："我又干了坏事。"

原来他打翻了墨水瓶，染黑了桌布。

杨绛温柔地说："不要紧，我会洗。"钱锺书满脸愧疚："墨水啊。"面对丈夫的羞愧，杨绛自信地说墨水也能洗。于是他放心地回去了。

下一次来的时候，钱锺书说他又做了坏事，把台灯砸坏了，不能亮了。问明了是什么样的台灯以及坏的原因。她说：“不要紧，我会修。”钱锺书又放心地回去了。

每一次在忐忑中开始，在安心中结束。对于不善于料理生活的钱锺书来说，正是杨绛简单的一句“不要紧”，让钱锺书知道万事有妻子在，什么都不怕。

他们在伦敦“探险”的时候，钱锺书的额骨上长了一个疔。钱锺书担心从此自己的脸上多了一个怪物，而杨绛也很着急。后来经人介绍了一位护士。那位护士教杨绛做热敷。

回去后，看着愁眉不展的丈夫，杨绛又是一句“不要紧，我会给你治”。这句话一如一股爽朗的风，吹进了钱锺书的心间。后来在机缘巧合下，钱锺书脸上的疔真的被治好了。从此钱锺书对杨绛更加的信赖，对贤惠的妻子也更加尊爱。

在法国巴黎大学读书期间，两人悉心照料着女儿阿瑗，没有像其他同学一般，把女儿送入托儿所，接受吃喝拉撒睡都按规定时间的训练，他们宁愿自己辛苦点，也要力求给女儿创造一个自由的环境。

有一次因临时有事，夫妇俩把女儿托付给房东，孩子倒是习惯，乖巧地一觉睡到天亮，没有哭一声，钱锺书杨绛两人倒是对孩子甚是牵肠挂肚。

当然他们白天除了上课之外，也会经常结伴出去坐一会儿咖啡馆，注意从社会中学习语言和汲取知识，也会一起逛逛旧书店，而一直养成的读书竞赛习惯也在进行，真可谓青灯黄卷长相伴，不亦乐乎。

## 爱长久，分别不减情意浓

情长难敌时间耐，爱弄终输距离远。都说时间距离是幸福渐生缝隙的源头，让许多你侬我侬的伴侣越来越远，走至爱的尽头。钱锺书杨绛，却在时间的酿造下，千里之外，也能久闻幸福香。

1938 年 9 月，钱锺书、杨绛带着女儿钱瑗，乘法国邮船阿多士二号回到了阔别三年之久的祖国。

面对满目疮痍的祖国山河，面对思念绵长的亲人，钱锺书和杨绛焦虑深重，只想早一点回到祖国母亲的怀抱。在踏上祖国土地的那一刻，呼吸着熟悉的空气，拥抱着熟悉的事物，顿感舒松。

此时钱锺书已经被清华大学破格任命为教授，在香港上岸后，他就直奔云南昆明，到迁到此地的清华大学任教，而杨绛则带着女儿回到上海，与亲人团聚。这可以说是两人自恋爱以来的又一次分离，不舍是必然的，只是此时场景多了一份凄怆，心里多了一份担忧。

在西南联大的日子，钱锺书并不是十分如意。没有爱妻伴在身侧，总是少了一份温馨，多了一丝寒意。于是，鱼雁传书成了两人倾诉思念的最佳方式。有一首题为《昆明舍馆》的诗是这样写的："苦爱君家好巷坊，无多岁月已沧桑；绿槐恰在朱栏外，想发浓阴覆旧房。"

虽然全诗都在谈故景，忆旧时光，但字字也在表露钱锺书的惆怅和顾念。钱锺书在学校不是特别受欢迎，与同事关系处得不是特别好，可谓树大招风，才多遭妒，钱锺书在西南联大并不怎么如意。

不超过一年的时间，钱锺书就辞去了西南联大的教职，回到了上海。小别胜新婚。两人此时更加珍惜在一起的时间。只是不久，钱锺书就接到父亲的来信，希望儿子能够到湖南宝庆蓝田的国立师范学院任教。经过深思熟虑。钱锺书决定遵从父愿，于 10 月启程。

这又是一次痛心的分离，而且一别就是两年之久。

在蓝田，钱锺书继续自己的教书匠工作，沉浸在无涯的书海，也烦忧学术以外的人际关系。一个纯粹的充满书生气的学者作为系主任，负责全校的外文教学和外文系工作，校内的派系关系又极为复杂，对杨绛的浓浓思念，更是使钱锺书深陷苦闷的泥淖。

杨绛在孤岛的日子，也是在忙碌与空寂中徘徊。继续着她的“狗耕田”工作，当她的校长。除了在振华分校谋事外，还要兼职家庭教师，给广东富商家一位小姐教高中一年级的全部功课，十分的忙碌，每天一早出门，饭后又出门，要到吃晚饭前才回家。

幸得女儿阿瑷乖巧，又得到她外公和姨妈的喜爱和关心，尽管出过痧子，肠胃又很虚弱，但是对杨绛来说，女儿是劳累时的舒心安慰。杨绛自己对这段时期的形容是：“我们不论有多少劳瘁辛苦，一回家都会从说笑中消散。”

所谓“两情若是久长时，又岂在朝朝暮暮”，对于他们来说，两年只是一个简单的数字，却又是如此可怕，期盼三人相聚是无时无刻的咏叹。

1941 年，钱锺书回上海探亲。此时阿瑗已经是四五岁的小姑娘，看到这个面目黧黑，身穿粗布长衫，甚是土气的人，两只眼睛睁得圆溜溜的，充满了好奇。见这个陌生人把行李箱放在妈妈的床边，很是不放心，猜疑地监视着。

吃过晚饭后，小阿瑗鼓起勇气对钱锺书说：“这是我的妈妈，你的妈妈在那边。”

面对女儿的话，钱锺书温和地一笑：“我倒是问问你，是我先认识的你妈妈，还是你先认识的？”

“自然是我先认识的，我一出生就认识，你是长大了才认识的。”

面对这个意外的回答，钱锺书在女儿的耳边悄悄地说了一句话。圆圆立即感化似的对爸爸很友好，并且始终和爸爸最“哥们”。至于说了一句什么样的话，不得而知，也没有必要知道，只需知道这一家三口无比幸福，父亲的淘气，女儿的调皮，母亲的贤惠，组合成了一个羡煞所有人的组合。

对于这个幸福的家庭来说，即使战火纷飞，孤岛生活也是充实而幸福的。然而 1966 年到 1976 年这十年的漫长岁月，“文革”的风浪席卷了这个三口之家。

杨绛和钱锺书同在一个学部，一个属外国文学所，一个属文学所，两人都受到了批斗，且批斗的方式也相似。杨绛同李健吾、卞之琳、罗念生等都被贴上了待罪的身份，被群众控诉种种罪行，得到各种犯人般的待遇：不发工资，存款全部冻结，每天上班，身上挂牌，还要参加劳动队的各种劳动以及遵守各种禁令。钱锺书也差不多，被贴了大字报。钱锺书去扫院子，杨绛则去扫女厕所。

这种被批斗揪斗的折磨在这个家庭里成了家常便饭。

面对给钱锺书贴的大字报，杨绛认为这是捕风捉影之举，对钱锺书是一种污蔑，于是写了一张小字报贴在大字报的下面。后来被发现，杨绛被专门进行了一次批斗，并要挂着木板牌子，举着铜锣，挨家挨户地游街，大喊“我是资产阶级知识分子”！

这样一个温柔似水的女子，用自己的方式捍卫着自己爱人的尊严，体现着中国知识分子的铮铮铁骨，体现着两人不离不弃的爱和信任。

两人接受着各种批斗和揪斗，还被剃了阴阳头，只能用女儿剪头发留下来的两条大辫自制两个假发，各戴一个，还自嘲：小时候羡慕弟弟的光头，现在自己真的如愿了。

然而批斗愈演愈烈，1969 年 11 月，钱锺书作为“先遣队”去河南省罗山县的“五七干校”。“悄悄是别离的笙箫，夏虫也为我沉默。”这真是此时最应景的句子。

这是两人婚后的再一次别离。但是此次下放是所谓的“连锅端”，含有拔宅下放，一去不复返的意思。不知道再见是何时，离别更添多少不舍。

从别后，忆相逢，几回魂梦与君同。今宵剩把银釭照，犹恐相逢是梦中。午夜梦回，多少次不是没有这样的恐慌。信，成了唯一知晓对方的渠道。但是每次为了不让杨绛担忧，都只是写着打油诗戏谑自己及身边的故事。远在北京的杨绛则是终日里无休止地学习检讨与挖防空洞，做砖头，搬图书。

1970 年 7 月，杨绛也被下放到干校。12 日动身的这一天，只有女儿一人来送行，丈夫已经当先遣队去了，女婿也含冤自杀了。看着身边的亲朋好友都因为忍受不了现实的折磨而被迫以自杀的方式远离人世，看着已故之人的墓碑都在这场风暴中被砸毁，杨绛万分凄楚，又能奈何，奈何！

即使同在干校，见面也不是那么容易，各在一个连，得“听指挥，服从纪律，不能随便走动”。两人还是只能以书信互诉衷肠，所幸的是还有休息日可以探亲，与独在北京的女儿相较，两人算是在一处了。

别离对他们来说只是幸福日子里的小插曲，书信更是这个插曲里不可少的一个音符。

## 爱的归人

1997 年 3 月 4 日，两人心爱的女儿心脏停止了跳动，永远地离开了他们。白发人送黑发人，这是何等沉重的打击。但是此时，钱锺书还在医院病床上等着杨绛的照顾。为了不让体弱的丈夫再分心劳神，杨绛把女儿去世的消息独自藏在心底。她把眼泪深埋在坚强里，打起精神，悉心地照料着丈夫。

面对丈夫询问女儿，每次只能勉强笑着说女儿工作忙，女儿身体不舒服，搪塞过去。此时，心中最大的愿望只是企盼丈夫能够战胜病魔。然而 1998 年 11 月 20 日，病魔还是无情地夺走了钱锺书的生命，最亲爱的丈夫永远地离杨绛而去了。

望着没有了呼吸的钱锺书静静地躺在床上，杨绛似乎觉得爱人并没有离开自己，只是暂时地睡着而已。她低头亲吻了他的额头，久久地贴着他的脸颊。

幸福的“我们仨”，只剩孤子一人。日子一如既往地过着，杨绛自此杜门谢客，潜心读书。或许读书能使她感觉到钱锺书并没有离开，仍然在和她做着读书竞赛的游戏，仍然在给她写俏皮的情书，仍然能够听到他和女儿嬉戏的场面：淘气的钱锺书在女儿脸上画胡子，在肚子上画鬼脸，编各种顺口溜，起各类绰号。

这些只属于他们仨的记忆怎能让别人打破？她要在回忆里还原一个属于他们仨的画面。

钱锺书尊称杨绛是“最贤的妻，最才的女”，认为她绝无仅有地结合了各不相容的“妻子、情人、朋友”。这是多么极致的赞赏，而那一句“我见到她之前，从未想到要结婚，我娶了她几十年，从未后悔娶她；也从未想过要娶别人”，虽是一个外国记者对他们美满婚姻的描述，但是也由衷地表达出了他们的心里话。

结婚六十多年，这是多少伴侣难以企及的长度，或许有，但是如他们般恩爱的又有几对？他们的结合是天作之合，一如那绿叶红花，少了谁，都失了几分精彩。正如胡河清所言：“钱锺书杨绛伉俪，可说是中国当代文学中的一双名剑。钱锺书如英气流动之雄剑，常常出匣自鸣，语惊天下；杨绛则如青光含藏之雌剑，大智若愚，不显锋刃。”

杨绛曾说："我呀！只要和钟书朝朝暮暮相会就够了。"六十多年携手走来，虽然有过别离，有过忧愁，但是朝朝暮暮的相会从未缺席。"在天愿作比翼鸟，在地愿为连理枝"，这是多少人梦寐以求的，但是又有多少人能够做到呢！他们就是那比翼鸟，他们就是那连理枝！

杨绛的母亲常跟她开玩笑说："阿季脚上拴着月下老人的红丝呢，所以心心念念只想考清华。"他们缘结清华，在时间的洗礼下，寻找爱的真理。无论经历怎样的惊涛骇浪，他们从来都是紧握对方的手。他们的鹣鲽情深就是一曲爱的颂歌。

在那烟雨朦胧的江南，嗒嗒的马蹄，不是过客，是爱的归人。

# 余音绕梁
# 梁思成和林徽因的如诗岁月

问世间情为何物，直教人生死相许。

古有梁祝化蝶双双飞，亦不忘牛郎织女银河望，而如今思成与徽因的旷世绝恋闪耀在无数人的记忆中。或许你不知参与设计了人民英雄纪念碑和中华人民共和国国徽的林徽因和梁思成，或许你不知道拼命维护北京城和景泰蓝的梁思成和林徽因，但是，你一定知道《人间四月天》的林徽因，更是应该知道他们鸾和凤鸣的爱情故事，如诗的生活岁月。

君生我未生，我生君已老。饱受时间折磨的爱情让人唏嘘不已。我住长江头，君住长江尾。横亘在爱情面前的距离让相爱之人只能遥遥地思念。

## 你是人间四月天

他们，时间没有多一秒，距离刚刚好。一个是四月的浮云，和着暖阳，缓缓走来，明媚的笑点亮了整个苍穹；一个是四月的青烟，驾着徐风，轻盈飘舞，默默点缀着山涧碧水。他是浮云，她是青烟，这人间的云烟，相拥在四月天里，用爱暖着彼此的心房。

敢问“北方有佳人，绝世而独立。一顾倾人城，再顾倾人国”，这样曼妙的女子可否遗存于世；想必“回眸一笑百媚生，六宫粉黛无颜色”，杨贵妃这样的盛唐美人也难再得。而在 1904 年 6 月 10 日这样一个风平浪静、菡萏摇曳的夏日，浙江杭州陆官巷住宅区林家迎来了一个新的小生命——林徽因。

林徽因，原名林徽音，其名字出自《诗经・大雅・思齐》：大姒嗣徽音，则百斯男。按照对此诗句的理解，想必林家对林徽因也是抱有着圣德美好的期盼和对林家人丁兴旺的良愿。

林徽因在 20 世纪 30 年代初就已在一些报刊发表诗歌，但当时还有一位经常写诗的男性作者也叫林徽音。于是报纸杂志在刊发他们的作品的时候总是分不清楚。为此，报刊曾经还专门发过更正证明。

林徽音曾经说过："我倒不怕别人把我的作品当成了他的，我只怕别人把他的作品当成了我的。"从此，采其音而异其形，改名为林徽因。这样一个明媚的女子，怎么能不惹人喜爱！

林徽因的家族在当时可谓书香世家。祖父林孝恂为光绪十五年进士，授翰林院编修，一直在浙江为官，从金华、石门、仁和、孝丰知县到海宁知州，林徽因的祖父做着福济百姓的好事：创办养证书塾、蚕桑职业学堂。为清朝末年创办新学献出绵薄之力。

而林徽因父亲则是林家长男，受到良好的教育自是不必说，善诗文、工书法，风流倜傥，卓尔不群，后又到早稻田大学学习，自身的修为更添丰颇。林徽因的父亲、叔叔和姑姑们自是从小就打好了国学深厚的基础，又受到了新学的启蒙。

在这样有着优裕生活和良好教养的家庭里，林徽因和她的姐妹们都得到了很好的培养，个个出落得大方美丽，嘉言懿行。

4 岁的林徽因开始跟着大姑母读书，这浩瀚书海的世界给她带来了无穷的乐趣。然而孩子终究是孩子，爱玩的天性伴随着朗朗书声，给林徽因带来了独特的童年的体验。虽然在姐妹中，她是最淘气的那一个，可是背起书来，却是如黄河之水滔滔成诵，林徽因的聪资灵悟得到了大姑母的盛赞。

12 岁的林徽因相貌清丽，绽露笑靥的双颊嵌着深深的酒窝，恰似四月暖阳，如沐清风。她从小身体多病，看上去好比弱柳扶风，却又多了一分流露着童真的无邪稚气。

在这一年里，林徽因的祖父母已不在身边，父亲也忙于参加及组织“宪法研究会”，无暇顾及孩子们的生活。小小的林徽因与表姐们一同在英国教会办的培华女子中学读书。

14 岁时，林徽因还是那个明媚的女孩儿，只是心里多了一层淡淡的郁悒，慢慢地隐藏着自己的小心情。二娘家新出生的弟弟妹妹占据了家中大部分的欢笑，而自己和母亲只能待在屋后的小院，听着从前院传来的嬉戏声，羡慕着他们手中的各式新奇物件。父亲的疼爱成了林徽因心中想要紧紧握住的奢望。

这一年，林长民与汤化龙、蓝公武赴日游历。林徽因一直努力做好每一件事情，她自信能够编好字画目录，期待着父亲从遥远的日本归来之时，能够收获一声赞扬，这成了林徽因张扬自己的独特方式。

豆蔻年华，总是那么惹人挂眷。以前总是感叹韶华挽不住流光，原来美好的事物就在身旁。无论是少女的林徽因，还是渐趋成熟的林徽因，总是萦绕着如诗的气质。用“皎若太阳升朝霞”形容怎会多余，与“灼若芙蕖出绿波”相比定不会暗淡。

在灿烂的年华遇见对心的人是每个人最美好的夙愿。林徽因与梁思成的金玉良缘或许早就注定，只是时间的早或晚。

14 岁的林徽因在为得到父亲一句亲切赞扬的同时，也与命中的良人相遇相识。

梁思成是中国著名思想家梁启超的长子。1901 年 4 月 20 日，梁在清华学校，梁思成在学术和艺术上都有着出色的表现。他是清华艺术俱乐部的成员，也是当时的大学学报《清华校刊》的艺术编辑。梁思成还为《清华校刊》画过一些整版的水墨画，偶尔也会创作几幅漫画。在体育方面，梁思成热爱跑、跳、攀岩和体操，他强壮而健硕的身姿，总是活跃在每一节体育课上。

这样的梁思成，又怎能不是“如切如磋如琢如磨”！

一个“灼如芙蕖出绿波”，一个“如切如磋如琢如磨”，在时间坐标的某一个点上相遇，自此擦出耀眼的火花，无法阻挡的缘分让两人相知相爱。

## 初相识，已如故

梁启超和林长民是老朋友，双方也有结为秦晋之好的意愿。这就为林徽因和梁思成的相识造就了一个机会。

在梁思成 17 岁时的一天，梁启超让梁思成到他的老朋友林长民家里去见见他的女儿林徽因。梁思成明白父亲的良苦用心，虽然考虑到自己年纪尚轻，谈恋爱的事情并不急于这一时，但是考虑到两家情谊，他仍然从南长街的梁家来到景山附近的林家。

在书房里，梁思成与林长民相谈甚欢。没想到梁思成年纪轻轻，就对世事有自己独到的见解，林长民对这个年轻人青睐有加。此时的梁思成正在心里勾勒着即将与自己见面的林小姐的模样，想象着这位久闻盛名的才女会不会按照当时的潮流时尚，绸缎衫裤，梳着一条油光光的大辫子。

门终于被拉开，未见人影，一阵香气直扑入书房。迎面走来的是一位娉娉婷婷却仍带着稚气的小姑娘，两条小辫可爱地跳跃着；清亮有神的双眸、精致得堪比雕琢之美的五官，还有那浅浅的笑靥，深深地印在了梁思成的脑海中。

梁思成有点局促，少年的羞涩染红了脸庞。浅色半袖短衫罩在长仅及膝下的黑色绸裙上——这样一个明媚的女子宛若翩翩仙子般从远处走来，融化了思成软软的心。

初相识，已如故。这是梁思成对林徽因怦然心动的伊始。爱情就像一壶酒，爱上，便难忘却。然而生活中的插曲总给人带来各种各样的意外。

1920 年暮春之时，林徽因随父亲游历欧洲，后来来到英国伦敦住下。在这个充满艺术气息的国度，林徽因结识了诗人徐志摩，在其感染之下，对新诗发生了喜爱之情。

也正是在这里，受到房东女建筑师的影响，林徽因对建筑学产生了浓厚的兴趣，立下了攻读建筑学的志向。

徐志摩就是梁思成和林徽因之间一个美丽的意外，也是林徽因生命里有缘无分的存在。

那个吟唱“悄悄是别离的笙箫，夏虫也为我沉默”的才子徐志摩，浑身萦绕着诗性的气息，那举手投足间的风雅，那赛似潘安的英俊外貌，点点滴滴都在吸引着一个情窦未开的少女林徽因，使之为其倾倒。而徐志摩也不禁为眼前的少女怦然心动。

这个面容姣好的少女，有着一般女子鲜有的才华和独特气质，牵引着心中的诗性。

在徐志摩心中，林徽因恰如他心中的缪斯女神，纯洁而高贵，指引着自己领略更多诗学的风景。他曾说：在二十四岁以前，与诗完全不相干，是与林徽因的相遇，激发了我的新诗创作。

他们两人兴趣相投，还在一起组织新月社活动，一起演戏，并且常常有书信的往来。只是当徐志摩提出离婚的想法，并向她求婚的时候，林徽因困惑了。

在这件事情上，自己扮演的角色似乎是多么的无情而残酷，那个无辜被弃的妻子，与自己伤心的母亲又有何异。她仿佛看到自己以爱情的名义，扼杀了另一个人的幸福；所谓爱情的胜利，是建立在另一个人的悲剧之上。

1921 年，17 岁的林徽因毅然作出了人生的抉择，随父亲由英赴法，乘“波罗加”号船归国，仍旧在培华女中读书。

经历过这次爱情的启蒙，林徽因渐渐走向成熟。而在此时，两家人有意将徽因与思成之间的联姻提上日程。归国后林徽因与梁思成的相见逐渐频繁，二人不再如初见时那般拘束，在对彼此的关心中，一份朦胧的情愫渐渐生根发芽，似春日的蒲公英般撩拨人的心。

如果说徐志摩是林徽因生命里诗性的存在，那么梁思成之于林徽因就是爱的芍药。有人说，爱情是毒药，中毒的人却甘之如饴。

北海公园里伫立着一座新修的松坡图书馆，梁启超是该图书馆的馆长。林徽因和梁思成本就是爱书之人，沉浸在书林之中，寻找遗落的珍珠，实在是一件乐事。每逢礼拜天，松坡图书馆就成了两人最佳的约会去处，在这里，没有他人的叨扰，听的只是鸟语，闻的只是花香。

清华校园里，常常看见梁思成的身旁多了一抹静雅的白色身影，多了一丝爱情的味道。每次梁思成在台上尽心地演出，台下的某一个座位上都有一个最最忠实的观众和知己。

静女其姝，俟我于城隅。爱而不见，搔首踟蹰。

静女其娈，贻我彤管。彤管有炜，说怿女美。

自牧归荑，洵美且异。匪女之为美，美人之贻。

多么灵动的静女，多么憨态的男子，缔结着青涩而美丽的爱情。梁思成和林徽因之间亦是如此。两人一起逛太庙的时候，顽皮的梁思成常常惹得林徽因搔首踟蹰，刚进庙门就不见了踪影。

正当林徽因惊诧之际，寻找心中的那个安全的港湾之时，梁思成已经爬上了大树，如一般恋人那样幸福地大声喊着“林徽因！”两人相视一笑，默然心了，笑声回荡在这浓情蜜意之中。

梁启超和林长民两人看着如此般配的两人，对心中的那个隐隐的想法更加确信。林长民在 1922 年底提出为两人订婚，但是梁启超认为不必着急，觉得此举可在三四年以后进行。

后来梁启超对自己的此举也甚为自豪，在《致梁思顺等信》中说道：“我对于你们的婚姻得意地了不得，我觉得我的方法好极了，由我留心观察一个人，给你们介绍，最后的决定在你们自己，我想这真是理想的婚姻制度。”

林徽因和梁思成，已经成了彼此的牵挂。

1923 年 5 月 7 日是国耻日，许许多多的学生都去大街上参加游行示威，而受新兴思想以及爱国之心的驱动，梁思成和弟弟梁思永骑上摩托车去追赶“国耻日”的游行队伍。只是骑到长安街的时候，摩托车和当时的国务院权贵金永炎的汽车相撞。

驾驶摩托车的梁思成受伤最严重，左腿被撞断，住进了协和医院。同时在这一天，梁家正在几房轮流为梁启超二弟办庆寿酒。酒席被冲散了，而来此赴会的林长民和他全家人都跟着挨饿。

听到此噩耗的林徽因惊慌而不知所措，她担心他的安危，于是匆匆来到医院。

在医院里，两人早已褪去了羞涩的模样，林徽因悉心照料着病床上的人。当时正值初夏时节，炎热裹身，梁思成躺在病床上，常常会大汗淋漓。林徽因也顾不得避讳，为梁思成揩面擦身，照顾得无微不至。

每次去医院探望时，他们都相谈甚欢，苦难的磨砺让两人的心结合得更加紧密，在医院共度的每一寸时光，成了他们内心珍藏一生的回忆。医院里阴沉的氛围并没有影响两个年轻人浓蜜的爱意，无法隔绝他们纯真无邪的欢声笑语。

经过这次事故，两人的关系有了实质性的进展，感情在时间的打磨下愈发变得坚若磐石。

也正是这次车祸，促成两人共赴美国学习。1924 年 6 月，梁思成和林徽因一起离开中国前往宾夕法尼亚大学建筑系学习。

身处异乡，他们既是相互扶持的乡遇故知，更是比翼双飞的鸳鸯情侣。来到大洋彼岸的两个年轻人，怀着共同的梦想，心与心更加紧密地拥抱在一起，朝夕相处的时光笃厚了情谊，添深了爱意。

## 死生契阔，与子成说

来到大洋彼岸的两个人，心里弥漫着欣喜之情，新专业是他们共同喜欢的建筑学，新的生活蓝图正在一点点打开。

梁思成与同道而来的陈植一起注册了宾夕法尼亚大学的美术学院建筑系，梁思成还为了更能成为建筑系二年级甚至更高年级的学生，而充分利用暑假的时间进行补习：水彩静物写生，户外作画和三角。面对如此灿烂的美景，梁思成不禁微微一笑：这里山明水秀，风景美极了。

但是，林徽因却陷入了窘境，当初对建筑学的一腔热血，也难敌残酷的现实。宾夕法尼亚大学的建筑系不招收女学生，理由是建筑系学生必须整夜作画，因此没有人做伴的女生在场并不方便，这项规定令她十分沮丧。

但林徽因并没有因此放弃自己心中的理想，她聪明地选择注册了美术系，仍选修了建筑系的主要课程，从而实现了自己的志愿。后来的事实也证明，正是由于她的坚持，隐藏在其身上超凡脱俗的建筑天赋才得以挖掘。

费城，在这座充满现代艺术气息的城市里，浪漫的氛围有增不减。林徽因在同学中印象极好，那莲花般娇美的面容、活泼烂漫的性格、流利的英语及聪明伶俐的头脑皆让人不自觉地喜欢。

而林徽因天生就善于和周围的人处好关系，这就更增加了林徽因受欢迎的程度。在众多追求林徽因的异性中不乏那些样貌俊朗、才华横溢的名门之后，只是在林徽因的眼中，除却梁思成，其他人都变成了将就。

再相爱的两人之间也难免会以争嘴的方式为甜蜜的生活调味，梁思成与徽因之间有时也会出现冷清的局面，但矛盾很快会被彼此的包容与理解化解，两个秉性不同的人正在以磨合的方式走向对方。

他们之间的争吵，梁启超并不认为是坏事："今年思成和徽因已在佛家的地域里待了好几个月。他们要闯过刀山剑林，这种人间地狱比真正地狱里的十三拷问室还要可怕。但是如果能改过自新，惩罚之后便是天堂。其实我们大家都是在不断生的循环之中。我们谁也不知道自己一生中要经过几次天堂和几次地狱。"

只是心中有了那个人的存在，又怎会把视线移向他人？梁思成与林徽因两人仍然恩爱如初，视为彼此心中的唯一。

在林徽因的心中，梁思成一直是温文尔雅的绅士，无微不至地关爱着她，一如灵魂伴侣般的存在。在她的心中，早已将其视作托付一生的不二人选。

1925 年林长民的去世，给了林徽因重重的一击。林长民与林徽因的相处一直是朋友般的模式，父亲给予女儿太多的精神馈赠；林徽因不仅如一般子女般深爱着父亲，而且更将父亲视为崇拜的对象和精神的支柱。

而如今，远在家乡的父亲突然离世，又怎能不掀起内心波澜翻涌。犹如刀割般的疼痛蚕食着林徽因的内心，她感到仿佛一直以来依靠在身后的一座山垮掉了。

然而此时，在悲痛万分的林徽因身后默默地站立着梁思成，用最温暖的臂膀将徽因揽在怀中，千里之外，梁启超的宽慰之语纷至沓来，来自于梁家的抚恤，让林徽因感受到在自己的背后，似乎隐隐地竖立起另一座值得依靠的大山。

## 天不老，情难绝

1927 年 12 月 18 日，梁启超在北京为两人举行了订婚仪式，整个过程都是严格按照传统习俗进行，没有丝毫怠慢。即使当事人并不在现场，但是合八字、寻信物等细枝末节按照规矩仔细地进行，以此来表现仪式的神圣与庄严。

一如梁启超在给梁思成的信中所言："因婚礼十有八九是在美举行，所以此次文定礼特别庄严慎重些。晨起谒祖告聘，男女两家皆用全帖遍拜长亲，午间宴大宾，晚间家族欢宴。"

1928 年 3 月 21 日，梁思成与林徽因在加拿大温哥华姐姐家结婚，之所以选择这样一个日子，可以说与他们本身的专业有着分不开的关系。3 月 21 日是宋代为李诫立的碑刻上的唯一日期，他们选择这样一个特别的日子，正是为了缅怀这位伟大的先辈建筑师。

他们不仅是一对紧紧相依的并蒂莲，更是精神上相惜、灵魂上相伴的连理枝、比翼鸟。抓不住的时光却留下来爱情的痕迹，他们在漫漫人生路上歌唱着爱情的真谛。

一对幸福伉俪开始了他们的蜜月之旅。从法国、英国、瑞士、意大利、西班牙到德国，他们好比自由飞翔的雄鹰，没有束缚地飞往心中的乌托邦。他们贪恋着每一座建筑的美，讨论着每个结构的奇特，畅想着在有限的时间内巡游更多的地方。

1928 年 8 月。他们回到了祖国的怀抱、家人的身旁。已经毕业的他们，也找了一份心仪的工作——分别就任东北大学的主任和教授。

不久，梁启超的与世长辞给他们的生活蒙上了一层阴霾，带来了绵长的忧伤。在梁思成的心中，梁启超既是令人敬仰的思想家，更是一位无时无刻不在关心自己的父亲，与自己探讨学术专业知识的朋友；在林徽因的心中，梁启超又何尝不是在扮演着父亲的角色，默默传递着如山般伟岸的父爱。

女儿的诞生增添了些许喜庆之色，缓和着伤口的痛楚。其名字“再冰”，既有着对女儿美好的寄予之望，也是对已故之人的缅怀。

动乱的年代，不安分的局势，身处在这个时代中的每一个人都无法脱离得了干系。梁思成在沈阳与宾大校友一起建立“梁、陈、童、蔡营造事务所”，为祖国的建筑实践默默贡献着自己的力量。而此时林徽因身体逐渐变弱，只能回到北平治病，纵然斜卧病榻，徽因依然不舍手中的建筑之笔，她设计的“白山黑水”图案获得奖章。

无论经历何种风雨洗礼，他们依然风雨同舟，坚守着爱情本初的诺言，无论遭遇多大挫折，他们还是一如既往地保持着对建筑的热爱。

如果说林徽因与梁思成在宾夕法尼亚大学的恋爱时光是稚嫩的模样，是明媚的花样季节；那么回国后的颠沛流离的日子，相携相助的夫妻情分，更是见证了他们爱的真切，爱的诚意。他们的爱在风霜摧折、岁月掩埋中成长成熟。

一起追寻自己的古建筑梦，一起到浙南武义宣平镇和金华天宁寺做古建筑考察，一起到河南洛阳龙门石窟、开封及山东历城、山东章丘等地探寻遗留的建筑结构，合著《晋汾古建筑预查纪略》……

祖国的大好山川里见证着两人爱的足迹，这份爱已然超脱了这情人间的你侬我侬，而是用一种理想将这份浓郁的爱国情怀紧紧绑在一起。

在昆明，艰苦的生活也没有减少他们鹣鲽情深，他们还是那么的心有灵犀，依然配合得天衣无缝，只是换了场景，多了艰辛，他们之间筑起来的这份爱之墙，却如铜墙铁壁，任你敲捶撞打，又能奈他何？

正如费慰梅在回忆录中写道：“菲莉思是感情充沛、坚强有力、惹人注目和爱开玩笑的。她疯狂地喜欢梅兰芳，为能把传统戏剧带进二十世纪节奏的前景而欢喜。思成则是斯文、富于幽默感和愉快的，对于古代公共建筑、桥梁、城墙、商店和居民的任其损坏或被破坏深恶痛绝。他们两人合在一起形成完美的组合……一种气质和技巧的平衡，一种罕见的产生奇迹的配合。”

有人认为林梁之间并无真情实意存在，林徽因是否真的爱梁思成也是疑惑，为什么梁思成会再娶，这都让人怀疑。但是曾经的爱如此真实地存在过，怎么会是简简单单的一个字，他们那些相依相偎的照片，梨涡浅笑的幸福，眼角流溢的光彩都掩饰不了这对才子佳人的感情。

在新婚之夜时，梁思成曾经问林徽因："这个问题我只问一遍，以后再也不提，为什么你选择的人是我？"面对这个问题，林徽因的答案并不是"我爱你"之类的誓言蜜语，而是简简单单的一句话："这个问题我要用一生来回答，准备好听我回答了吗？"

时间是所有事情的最好的见证，行动是最好的答案。从相识、相知、相爱到相伴，他们走过了几十个年头，风平浪静时的举案齐眉，乱世流年里的相携相助，这就是细水长流的爱情奇缘，

梁思成和林徽因之间的故事不是很多，但是平淡的爱情故事里却保留着最真的爱。他们之间没有轰轰烈烈，但是熬住了时间的折磨，打破了昙花一现的碎语，他们之间如诗的岁月，酿造的是另一种爱情，一种实实在在的爱情，灌注在他们整个的生命历程中。

他们之于彼此已超越了爱的存在。

在《图像中国建筑史》里，更能清晰地感受到梁思成对于妻子的爱："二十多年来，她在我们共同的事业中不懈地贡献着力量。从在大学建筑系求学的时代起，我们就互相为对方'干苦力活'，此后，大部

分的实地调查中，她又与我做伴，有过许多重要的发现，并对众多的建筑物进行实测和草绘。”

一席再正常不过的感谢之言，却饱含浓浓的情意。

1955 年 3 月 31 日深夜，林徽因已经病入膏肓，倍感心中有着许多的话想对心中的人诉说，于是向护士请求能否见丈夫一面。然而，想说的话终究没来得及说出口，她就悄然离世。

爱情，究竟是什么东西？没有人能够说清。每个人的爱情模式都不能复制，但是每个人的爱情都在幸福里飘荡。梁思成和林徽因都在穷其一生地回答爱情。他们的爱情就如小小的雏菊，淡淡的清香，沁人心脾。

# 迟到的美好
# 陈寅恪与唐筼的珍贵斯年

所谓的爱情不全是花前月下的你侬我侬，所谓浪漫并非是芭蕉叶下的戏语呢喃。陪伴是最长情的告白，比起短暂的美好，一生不离不弃似乎更让人为之动容。爱情从不是片刻间停留的温暖，亦不是海誓山盟的甜言蜜语，用岁月积累起来的爱才更有意义。

## 清清河水淡淡月

如今很多人将“一万年太久，只争朝夕”的名言当作爱情座右铭，然而在感情中，长久的陪伴往往是两人走到最后的不二法宝，时间可以让爱情淡化，亦可使爱情在平淡的生活中得到升华。陈寅恪与唐筼之间的爱情就是在艰难的环境中走过来的。无论生活多么艰辛，病痛多么强烈，他们依然爱得浓郁，爱得纯粹。虽然美好来得有些迟，但一生的相守本身就是莫大的欣慰和幸福。

作为中国现代最负盛名的集历史学家、古典文学研究家、语言学家、诗人于一身的百年难见的人物，他与叶企孙、潘光旦、梅贻琦一起被列为清华百年历史上四大哲人。然而陈寅恪的一生却颠沛流离，几经波折。时局的动荡让他居无定所，朝不保夕。但命运给予他最大的安慰便是有一位风雨同济、相依相伴的妻子——唐筼，多年来，陈寅恪之所以没有被凄惨的境遇和巨大的压力击垮，就是因为身后有妻子的默默支持。两人在风雨岁月中的相依相伴，谱写了一首感人至深的爱情之歌。

陈寅恪出生于书香门第，虽然当时时局动荡，但陈家依然重视晚辈的教育问题。13 岁时，陈寅恪就跟随哥哥去日本留学，因其天资聪慧，成绩出色，后又被安排至欧洲游学。

二十多年海外的求学经历使陈寅恪功成名就，许多国外高校纷纷向他递出了橄榄枝。然而，陈寅恪心中始终放不下的便是那片饱受战争磨难的故土，报效祖国成了他唯一的目标。于是，年近不惑之时，他毅然放弃了国外优渥的生活环境和学术条件，回到祖国，在清华大学担任老师。

于外人看来，陈寅恪是一名好老师，但其父亲陈三立，却一直为儿子的终身大事心急如焚。彼时，年近 40 岁的他仍是孑然一身。年迈的父亲甚至向儿子下了最后通牒，若他再不娶妻生子，自己将代尔聘定。父亲的坚决态度让陈寅恪倍感压力，他答应父亲一定尽快娶妻，但是要宽限些时日，好让他物色人选。

其实，陈寅恪并非不想娶妻，只是他一直没有找到那个真正与自己契合的人。在外留学二十余年，他深知生活的艰难与命运的多变，婚姻不是儿戏，只有遇到对心的人，生活才能美满。虽然陈寅恪身边也不乏追求者，但却无一人能真正走入他的内心。

有一天，陈寅恪将自己苦恼的事儿说给朋友听，朋友便问他喜欢什么样的女孩儿？陈寅恪的回答：心之相通，爱之契合。短短八个字，将陈寅恪的心迹表露无遗。

说者无心，听者有意。朋友突然想起，他在一位女老师的家中看到两幅字，倒是与陈寅恪的气质蛮契合的，这两首诗分别是：

一

苍昊沈沈忽霁颜，春光依旧媚湖山。

补天万禾忙如许，莲荡楼台镇日闲。

二

盈箱缣素偶然开，任手涂鸦负麝煤。

一管书生无用笔，旧曾投去又收回。

听完这两首诗以后，陈寅恪立刻觉得此女子气度不凡，两首诗所描绘的画面与风格也都是自己向往的。而当同事说出这两首诗的落款是“南注生”时，陈寅恪再次为之一惊，这难道是灌阳唐公景嵩的孙女吗？

早在少年学生时代，陈寅恪就拜读过唐景嵩的《请缨日记》，书中唐景嵩对中法战争中的评论使陈寅恪深表佩服，当得知唐景嵩的孙女如今就在本校任教，他当然要登门拜访。

名门之后的唐篔气质优雅，谈吐大方，俨然是一位大家闺秀。陈寅恪在初次见到她时，便不禁对眼前这位女子心生好感。他惊讶地发现，他们在对很多事物的品评上，竟如此一拍即合，这让陈寅恪越发喜欢唐筼。

与陈寅恪相同的是，如今已 30 岁的唐筼也是为了等到对心的人，才耽误了大好年华。当她打开家门，看到儒雅的陈寅恪时，心里有些许悸动。初次见面使两人互生好感，也为未来的结合埋下了幸福的种子。

此后，陈寅恪与唐筼成了知己好友，无论在工作上还是生活上，两人都表现出了高度的默契。一来二去两人便顺利地走到了一起。

陈唐二人的结合，对彼此而言都是幸事，因两首诗的共鸣而走到一起，看起来是机缘巧合，也许就是命中注定。1928 年 7 月 15 日，38 岁的陈寅恪和 30 岁的唐筼在上海缔结了偕老之约。从此这对心灵相通的恋人将共同携手面对此后半生的风风雨雨。

时局艰难和社会的动荡并未冲散两位新人脸上的笑意，他们相信一旦拥有了彼此，那些未知的危险只会显得云淡风轻。

## 国难当头，颠沛流离

婚后的陈寅恪与唐筼过上了幸福安稳的生活。白天二人同在清华大学教书，晚上回家料理完生活杂事后，便一起读书、研究学问。陈寅恪对自己妻子非常满意，她不仅在生活上把他照顾得无微不至，同时还是他的精神伴侣。对陈寅恪这样的大学者来说，精神世界是非常重要的，由此可见唐筼也是一个非常有才气的人。

那段时间，是陈寅恪一生中最惬意的时光。唐筼的贴心照顾省去了他生活上的后顾之忧，于是他专心于自己的研究和教学，收获颇丰。

第二年，唐筼有了身孕，这本是陈家的一桩喜事，但谁也没想到这成了痛苦生活的开始。唐筼在生大女儿陈流求时，心膜炎突然发作，这对孕妇来说是非常危险的。突发的意外，让在门外守候的陈寅恪焦急万分，他不仅担心孩子的安危，更揪心手术台上的妻子。虽然他们结婚只有短短一年的时间，但感情已深入骨髓，此刻陈寅恪心中的折磨丝毫不比手术台上的妻子少。

所幸在医生的抢救和唐筼的坚持下，母子平安，陈寅恪一颗悬着的心才放下。他眼含热泪地看着病床上的妻子，心中有千言万语，不知从何说起，只是深情地望着她。唐筼轻轻地握了握他的手，这便是告诉他，她一切都好，不用担心。

然而，好景不长，唐筼的心脏病使她的身体愈发虚弱，陈寅恪看在眼里，疼在心上。为了让妻子安心养病，他承担起家里大部分家务。这种生活不仅让他毫无怨言，还愈发觉得充实，之前一直是唐筼照顾他，现在终于可以回报妻子了。

1937 年 7 月 7 日，卢沟桥事变爆发，日军大规模侵入中国，北平受到了严重的侵扰。为保住学生和老师的人身安全，清华大学、北京大学和南开大学立即决定转移到湖南长沙。同是清华大学教授的唐筼和陈寅恪也在迁移大军之列，这种剧变和长途奔袭让唐筼更为糟糕。特殊时期，生命至上，陈寅恪只好咬紧牙关，带着妻子和三个女儿踏上了逃命之路。

逃命之路，困难重重。本应按原计划至天津登船去济南避风头，但一家人到了济南才发现这里的局势比北平还要危险，于是陈寅恪立即决定带家人离开济南。可是此时的济南火车站早已人山人海，别说上火车，就连看一眼火车都是奢侈。好在他们遇上了好友张申府与刘清扬夫妇，在朋友的帮助下，一家人才挤上了南下的火车。

恶劣的交通环境使唐筼的身体更加虚弱，千辛万苦之后，陈寅恪一家终于在 11 月 20 日到达长沙。刚下火车，陈寅恪就脚不沾地地四处奔走，为家人寻找落脚地。功夫不负有心人，最终，陈寅恪在长沙芙蓉区韭菜园附近找到一栋条件尚可的民宅。住处虽然不大，但是对于当时的人们来说，能安安稳稳睡一个好觉就不错了。陈寅恪一家总算可以暂时安全了。此时的陈寅恪，最大的心事就是照顾虚弱的妻子唐筼。这一路上的波折几乎耗尽了她所有的体力。所以要借助这宝贵的时间好好休养。

成功转移到长沙的北大、清华、南开三所高校共同组建了名叫长沙临时大学的教育机构，无论时局多么艰难，也不能放弃教育。而陈寅恪便在这所临时大学中任教。

难得的休整时间让陈寅恪倍加珍惜。因为他知道，按照当时的时局情况，随时都有可能发生变化，人们随时都有可能再次转移。所以在这暂时的安全空隙中，陈寅恪可以帮助妻子尽快恢复身体。

此时的唐筼刚刚从激烈的逃难中安静下来，在这段过程中，她的心脏受到了严峻的考验。若不是丈夫在路上的贴心照料，她很有可能支撑不到长沙。

躺在床上的唐筼思绪万千，悲观心理愈加严重，她甚至会在面对陈寅恪时，深感内疚。但于陈寅恪来说，吃的这点苦又算什么呢？既然自己深爱着唐筼，那么无论什么困难他都会选择面对，只要有她陪伴，一切都是苦中作乐。

日军的炮火很快南下，先后攻陷了南京和上海，长沙变成了高危之地，刚刚稳定下来的师生们又要面临新一轮的逃亡。

身体还没有完全恢复的唐筼再次转移，这次，他们接到教育部的通知，要到达香港，然后转移至云南。

在去往香港的路上，唐筼感觉到严重不适，心脏病加重到几乎无法长时间走动。雪上加霜的是，在转移过程中，陈寅恪的小女儿陈美延也突然生病，这让陈寅恪倍感焦急。

到了香港之后，陈寅恪看到妻子的病情实在无法继续奔波，加上小女儿也在养病过程中，所以他向学校申请，先在香港停留一段时间，等家人病情稳定下来再去云南与学校汇合。

当时在香港大学任教的许地山夫妇知道陈寅恪的情况后，马上前来帮助。他们在附近租了一套小型公寓，让陈寅恪家人住下来，又给他们一些生活上的帮助。

虽时值春节，但逃命在外的一家人感受不到一丝年味。生活的窘迫和病痛的折磨使他们精疲力尽，只想吃顿饱饭，好好休息。

此时，不只是唐筼和小女儿需要休息，陈寅恪更需要休息。他不仅要照顾妻子，还要教书赚钱。虽然平时装作没事，但那都是自己强撑着，他怕自己倒下了，这个家也就完了。

就这样，陈寅恪一家度过了一个安静、穷困的春节。眼看云南那边马上就要复课了，家里的积蓄也都用得差不多了，陈寅恪决定将唐筼母子与用人留在香港居住，自己去云南任教。

这一去，也就意味着夫妻二人便长时间不能见面。一路上共患难的他们，从来没分开过，但现实是残忍的，为了更好地生活，陈寅恪必须马上工作。

孤身一人在云南教书的陈寅恪，无时无刻不在想念自己的家人。他除了惦记病床上的妻子外，还想念着自己的三个女儿。尤其是三女儿陈美延，一想到她的可爱模样，陈寅恪心中便五味陈杂，他多想去香港陪陪他们，但眼下的情况又让人百般无奈。

虽然时局艰难，生活潦倒，但是陈寅恪与唐筼却一直坚守着爱情的阵地。越是在这艰苦的岁月里，陈寅恪与唐筼却越能感受到爱的珍贵。因正是有了爱，他们才成为彼此的精神支柱。也正是有了这段艰苦的岁月，他们之间的爱才会这般弥足珍贵。

## 黑夜给了我黑色的眼睛

事情终于有了转机。1939 年，陈寅恪接到了英国牛津大学邀请他去担任汉学教授的邀请函。陈寅恪想，如果去英国任教，他便能与家人一同前往，这样一家人就不用受异地分离之苦了。陈寅恪欣然接受了这份邀请。在与学校交涉好之后，陈寅恪返回了香港，准备与家人一同前往英国。

但正在此时，第二次世界大战爆发，英国也成了高危地区。经过商讨，牛津大学给了陈寅恪一年的假期，等时局稳定后他们再去。

此时的香港已动荡不安，不仅生命安全无法保障，市场物价也飞涨，本就穷困的陈寅恪一家，如今更加艰难，一家八口人只能依靠极少的粮食度日。陈寅恪虽想过种种办法，但都无法改变现状。

1941 年末，太平洋战争爆发，香港沦陷，人心惶惶。

作为教育界的著名学者，陈寅恪不仅在中国有着极高声望，在世界上也有很大的影响力。当日军侵入香港之后，日本很多学者向军队打报告，要善待陈寅恪一家，因此日军对陈寅恪和家人都比较客气。

当日军知道陈寅恪家里断粮好几天后，立即派人给陈寅恪家里送面粉，哪知陈寅恪概不接受，如数奉还。这件事让日军很生气，陈寅恪自知香港是待不下去了。

于是，在中央研究院的帮助之下，陈寅恪一家离开香港，辗转多次最终在成都安定下来。陈寅恪也在燕京大学的临时学校继续任教。

成都是一个相对安全的城市，在这里，陈寅恪一家度过了一段安静、难忘的美好时光。

唐筼的身体状况比以前好了许多，渐渐承担起家务，她深知陈寅恪这几年十分不易，所以在这难得安逸的时光，她应该多照顾他，让他好好休息。

所以在那段时间里，唐筼为陈寅恪分担减压了不少。在成都的岁月里，他们彼此也更加珍惜这份感情，珍惜这来之不易的安稳生活。

物质生活虽然有了保障，疾病又悄悄向陈寅恪袭来。常年伏案看书，用眼过度，加之阅读环境太简陋，陈寅恪的眼睛受到严重伤害，几近失明。英国的朋友得知此事之后，立即邀他去国外治疗，但效果还是不尽如人意。

即便双目失明，陈寅恪也没有停止学习研究的脚步。战火纷飞的年代，他早已将自己的生死病痛置之度外。“黑夜给了我黑色的眼睛，我却用它寻找光明。”虽然眼睛的问题成为他生活中最大的阻碍，但一向要强的他坚持自理。新中国成立后，他拒绝国外一切丰厚的待遇，留在广州岭南大学任教。

### 空留牯岭遗恨

1962 年 7 月，陈寅恪在独自洗澡时，不慎摔断了右腿股骨，只能躺在医院里。“文化大革命”使他再度跌入人生低谷，最后连医院也将他赶了出去。无奈的陈寅恪，只好在妻子唐筼的搀扶下回了家。

原以为回到家便能过上安稳的日子，但无休的批斗很快让陈寅恪精神与肉体受到双重折磨。1969 年春节，陈寅恪一家不仅被赶出家门，就连那陪伴他数十载的藏书也全部被收走。身体的不适与精神的摧残令他内心几乎崩溃，面对新中国遭受的“十年浩劫”，他的内心是痛苦和委屈的。

这种痛楚的挣扎最终让他无力承受，直扎他的心脏，让陈寅恪无法忍受。1969 年 10 月 7 日这位踽踽独行的国学大师，终于撒手人寰，先妻子一步离开了人世。

陈寅恪失明后，日常生活全靠唐筼照顾，而自身多年的疾病，也让她日渐衰弱。如今，陈寅恪走了，只留唐筼一个人在这世上，失去了丈夫的她，已没有了精神支柱。

45 天后，在料理完陈寅恪后事之后，唐筼也去了天堂。

陈寅恪与唐筼的爱情故事虽然有浪漫的邂逅，跌宕的情节，但他们一生不离不弃的陪伴成为对爱情最好的诠释。美好的语言固然浪漫，绝境时的相依相守却更能显出爱的分量。

是心灵上的共鸣让他们走到了一起，是多年的磨难铸就了他们坚实的爱情。这份爱单纯又厚重，令人无比感动，无比向往。

爱，既是心灵上的相通，也是生活中的相伴。在世间万物中，唯有爱能超越生死。

# 卷二

# 相思似海深，旧事如天远

# 小团圆，半生缘
# 张爱玲和胡兰成的倾城之恋

## 民国临水照花人

在无尽的岁月中流淌着纷杂的红尘，在漫漫长夜里穿过了无数场的剧幕，华彩地绽放，倾城的故事。一袭素锦旗袍，穿越民国烟雨，走过四季的轮回，透过隐约的阳光，凝聚在霓虹之间。

她，像是一个谜，从思想到语言，让人捉摸不透。

她，像是一个梦，纸醉金迷中无法回转。

她，像是一道光，直穿过黑暗。

她，最像一口井，深不见底，充满神秘。

她的世界，深刻，敏感，才华横溢。

张爱玲，原名张瑛，动荡的年代出生于簪缨世族，豪门之家。家中每一个人都是赫赫有名的人物，太爷爷李鸿章是晚清重臣，祖父张佩纶正史留名，父亲张廷重满腹经纶，却生不逢时。

她的母亲黄素琼同样出身名门，独立而时尚，不知是母亲的这一份独特传承给了她，还是复杂的环境造就了她，自幼张爱玲就散发着与众不同的气质。她像一只猫，顶着繁华桂冠，只顾着梳理自己的皮毛，在阳光下伸个懒腰，眯个小盹，听着父亲绕室吟诵，滔滔不绝。

张爱玲的世界是错综复杂没有道理的，像许多重叠的相片，黑白色调。她的文字是疲惫颓废的，诉说着老掉牙的故事，却带着别样的清新。沧海桑田，浮生若梦。在阴阳的交界线上，感受着历史隧道里古墓般的冰凉。华丽而衰败，如同世界的挽歌，描绘着异于往日的风情。

官宦世家却关注着平民的苦乐人生，用幽怨的眼睛看待一切。热闹的街上嘈杂的人群，在她的笔下都吟唱着怪异的歌谣。她站在新旧世界的交界处，揭开历史幽暗的一角，失望和抑郁，爱恨情仇。她就是一棵文艺树，枝繁叶茂，扎根的土壤就是她童年的宅院，根深蒂固地长在那里，守着风情。

庭院中的长廊曲曲折折，窗前的藤萝交错盘绕。很多年过去，她依然是那个站在花架下，身影斑驳的女子。她是一个古怪的女孩，从小被视为天才，除了发展她的天才外别无生存的目的。然而，当童年的狂想逐渐褪色的时候，她才发现自己除了天才梦一无所有。乱世风云中，她孤傲漠然，清绝冷艳，孑然独我，不同流俗。

幼年时，母亲是一位美丽而敏感的女子，世俗婚约的失败让她远赴他国。母爱缺失，让张爱玲依赖父爱，可是姨娘却给她留下了无法抹去的阴影。庞大的家族，繁杂的人员，父亲沉浸在失意中无法自拔。

后来母亲回来了，这一段时光成了她人生最美好的回忆，但这种美好一去不复返，也使她一生都在追求这种简单却不易得的美好。于是，张爱玲的童年每一天都在文艺的殿堂里独自徘徊。在绘画里挥洒空间，在音乐中畅想未来，在历史中寻找安慰。

细雨下得那样轻柔，潮湿的地面在灯下反着昏暗的光，脚步声在石板路上嗒嗒响着，天空像是一张灰色的网，罩住了人生的色调。

后母的出现让原本冷清的家多了几分凌厉，父亲无法给予她所需要的温暖，她想到了母亲。连夜出逃，投奔亲人，以为得到的是曾经失去的补偿，却连泡沫都不曾见到。也许就是母亲这样，才让她有了特别的自尊，这种自尊不是倔强，也不是任性，而是一种渴望。

带着理解和温馨的无限渴望，张爱玲不断在文章中含蓄地表达着心绪，大家看到了文章的犀利和现实的残忍，却忽略了她的呼唤。只有一人，在《封锁》的狭缝里听到了她的声音，并顺着找去。

## 只因那一瞬间的温暖

胡兰成，浙江绍兴的乡下人，出生贫寒，乡野草根，虽不曾接受完整的教育，却也博得一身通达的学问。民间戏曲，上古典籍，诗词歌赋，谈不上精通，也能顺手拈来。

早些年胡兰成因妻子去世无钱安魂葬土，尝尽世间冷暖和人世间的混杂，沾染了江湖匪气。一生追随官海宦浪，不惜成为汉奸。

张爱玲喜欢钱，是因为她没有吃过钱的苦，不知道钱的坏处，只知道钱的好处。胡兰成也喜欢钱，但是他吃到了没钱的苦。他说："对于怎样的天崩地裂的灾难，与人世的割恩舍爱，要我流一地眼泪，总也不能了。我是幼年时的啼哭，都已经还给了母亲，成年的号泣，都已还给了玉凤，此心已回到了如天地之不仁！"这样的冷漠与绝情让他一生都在游戏人间。

就连张爱玲这般骨子里冷傲疏离的临水照花般的人儿，也只是他生命中的一位常客而已。也许她曾以为自己是他下船的港湾，却没想到只是胡兰成路过的码头。

两个人，一段绝世爱恋，很多人都不理解她的这份爱，但是她却爱得不分昼夜。也许就是因为那一张诚恳的便笺，也许是那阳光太刺眼，张爱玲就那样，看到了胡兰成。

那时候，她并不缺乏读者的钦慕，可是能亲自来家中拜访的，胡兰成还是头一个。胡兰成，这个名字对张爱玲来说并不陌生，他是香港《南华日报》的主笔，还是汪精卫政府的高官。这一次相见，他为她带来了不堪的爱恋。

张爱玲的心是茧做的，光线越强越晶莹剔透，在颠沛的世间，稳妥安放，轻盈缥缈。而这层层缠绕的丝也为她隔住了纷扰，营造了安稳与莫测。胡兰成将茧剪破，放出蝴蝶，她蹁跹而来。

因为她从未走过世俗的约定路，所以她不曾听见凡尘的纷扰。

白日里的窗帘总是遮挡着阳光，厚重的阴影里有一抹靓丽，黑暗无法隐藏。她的穿着总是任性的，时而时尚高雅，时而复古神秘。

年轻人的交际场中她总是最显眼的那一个，宽大袄子和复杂的花纹以及明显的色差，像穿着博物馆名画一样，遍体森森然飘飘欲仙；丝质碎花旗袍，色泽淡雅，带着敏感和情绪穿梭文坛。

她眼中最美的衣服是“水红的绸子，镶着宽宽的黑边。”她审美中的时尚是把祖母的衣服拿过来穿，一语道破时尚的精髓，不过是轮回。

她善于创造，所以独特。他精通人事，所以潇洒。当风流遇上特例，总是会擦出惊天火花。

胡兰成风流成性，认识张爱玲只因为《天地》杂志上的一篇文章，里面写了一段电车里的爱情。电车里的爱情，一闪即逝，却让人回味无穷，就像他的情感一样，只有一段电车的时间，下一个地方，下一个车厢，又是一段故事。

也许就是因为他从中看到了自己的影子，产生了惺惺相惜的感觉，这种共鸣促使他一定要找到张爱玲。

有人说，张爱玲看透了男人，所以她笔下的男人总是感情交错复杂，女子犹豫不决。胡兰成收集了大量的张爱玲的文章，从中读尽了男欢女爱，恩怨情仇。他为张爱玲的故事人生着迷，认为她是一个深谙世事的女子，于是情场浪子似乎像找到知己般迫切地想要接触张爱玲。

然而这只是一个简单女子的表象而已。那时候张爱玲只有 24 岁，是一个刚刚走上社会的女青年，从 12 岁到 17 岁，一直在女校中度过，其后去了香港读大学，读书写作基本是其生活的主旋律。

在这里她沉淀了大量的情感与文学功底，将自己对于情感的一切幻想都化为文字，向人倾诉。所以她的文章选材大部分是来自阅读的积累和敏锐的观察力以及想象力。

如今，白纸一般的张爱玲碰到了情场老手胡兰成，注定了她一生要为此心碎。

第一次见面，胡兰成就看懂了她。在胡兰成的眼里，她是一个高中生，在胡兰成的自传《今生今世》中提到："张爱玲就像小孩子偷穿大人的衣服，像一个正在长大的孩子。"在没有任何挑战性的追求下，胡兰成顺理成章地拿下了她。

简单的阿谀奉承对于张爱玲来说没有什么用，可偏偏是一句无礼的话语打开了她的心扉，"你一个月的稿费收入是多少？"这对任何人来说都是极其不礼貌的，可是张爱玲却诚恳地回答了他。这是为什么呢?

年幼的张爱玲自小就被冠上天才的名头，大家关注的是她的创作、她的辉煌，很少有人过问她的生活和私事。在她的过去，亲情是没有的，人情是冷漠的。年轻的张爱玲十分渴求一份真诚的关爱，可是出名太早，自己被成功的光辉包围着，即便身边的人想靠近，也都触之不及。

她站在自己的巅峰，等待救援。胡兰成冒昧地一问，让她感受到了来自成熟男人的温暖，这种温暖却是张爱玲从未曾遇到过的。一句不经意的询问拉近了两人的关系，也牵动了女子的心。

在女人堆里打滚的胡兰成，对张爱玲说的每一句话都拿捏得十分微妙。至今仍流传的一句经典就是：“你这样高，这怎么可以？”这一句，似乎带着责备，又似乎带着询问，还带着一点，暧昧。

含蓄与直白的柔和让张爱玲不知所措，惊慌地笑了。胡兰成带着张爱玲谈天论地，从文学到理想，尤其是关于张爱玲的作品，更是入木三分。作为一个作家，最让人欣喜的就是有人读懂了你的作品，他们从知己到情人，从情人到爱人。

与他相恋时，胡兰成当时还有妻子，可张爱玲依然爱得执着，爱得无奈。

这种爱恋在她的心里到底是对还是错？《红玫瑰与白玫瑰》中张爱玲模糊地影射了部分意思在其中。

男主角振宝生命中有两个女人，一个是他的白玫瑰，一个是他的红玫瑰。一个是圣洁的妻子，一个是热烈的情人，振宝的情感流转在情人与妻子之间。可是他又不能给这两人永恒的承诺，所以当情人提出要与振宝结合为夫妇时，振宝病倒了，他心底的那道道德坎拦住了他风流的脚步。

因为懂得，所以爱恋。胡兰成看懂了张爱玲，这份懂得建立在胡兰成的人生经历上。但是两人的追求方向却永不相同，张爱玲抛弃的是胡兰成所追求的，这就注定了他们要分道扬镳。

那个时期的她，像一道彩虹，在爱情的照耀下，散发着各种异彩，爱的蒸汽滋润着她的灵感，文艺界里到处都是她创造的精彩。《红玫瑰与白玫瑰》这样的经典小说不断流出。

张爱玲说，男人身边有两个女人，一个是胸口上的朱砂痣，一个是衣领上的饭粘子。小说中的振宝就是她自己的化身，在妻子与情人之间来回往返，找不到归路。张爱玲看透了自己，也看透了男人。最后她选择了家庭，与胡兰成结为夫妇，可是红玫瑰的那抹血色诱惑着她走向自由，虽然爱得深沉，却让男人放任自流。

## 因为懂得，所以慈悲

相逢不是恨早就是恨晚，曾经相遇总胜过从未碰头。

缘起缘灭，缘浓缘淡，非人为所控，唯一能做的就是在因缘际会时好好珍惜那短暂的时光。

有些人注定是要等别人，而有些人注定是要被等待。

每天的私会成为她最大的期待，无论多晚，等待的灯光永不灭。

彻夜畅谈，从《呼啸山庄》到《茶花女》，从《圣经》到佛教，谈天说地，音乐、艺术、人生。遇上了他，“我变得很低很低，低到尘埃里去了。但是心里是喜欢的，从尘埃里开出了花。”这句话就写在赠予胡兰成的照片背后。

可是她又那样随意，随意得让人心疼：“我想过，你将来就是到我这里来来去去亦可以。”这种爱卑微得让人难以想象。她爱得小心翼翼，看似随心所欲，其实倍加珍惜。

张爱玲一直以来追求的是一种脱离现实的爱情，是一种纯粹，一种信仰。不问过去，不思将来，跨越时空，跨越阶层。她爱得不管不顾，爱得让人惋惜。

在《爱》这篇小说中，她写道：“于千万人之中，遇见你所遇见的人，于千万年之间，时间的无涯的荒野中，没有早一步，也没有晚一步，刚巧赶上了，那也没有别的话可说，唯有轻轻地问一句：哦，原来你也在这里啊。”张爱玲认定，她的爱人就是这样遇到的，神秘般的缘分，再不舍得分开。

他们结合了。即便受到了世人的劝阻，但是张爱玲却毅然决然地跟随心走。婚后的日子是平静而温馨的，也是短暂的。他们的爱情没有庆祝，没有纪念，一纸婚书，背后写着这几个字：“愿岁月静好，现世安稳。”

对于张爱玲这样活得那么精致的女人，竟然就这么随意地将自己嫁了出去，这是为什么呢？只因为胡兰成用自己的巧舌把单纯的张爱玲哄得晕了头脑，只因他说的每一句话都能回荡在她的心头。没有大肆庆祝的理由是因为胡兰成说自己的汉奸身份会连累张爱玲，也许这样的谎言只有身陷爱情中的女子才会相信，张爱玲将此封闭在那虚伪的爱情中许多年走不出来。

胡兰成陪着她走向了创作的高峰，却没能陪她走到人生的尽头。

战争年代的情感是没有明天的，薄情郎的爱是没有保质期的。仅仅结婚两个月，胡兰成就抛下妻子远赴武汉继续为汉奸卖命。留给张爱玲的是漫漫长夜、无尽的等待和悲哀。她并不知爱人这次的离去也带走了给她的爱，还傻傻地告诉他：“那时，你变姓名，可叫张牵或张招，天涯海角，让我牵你招你。”的确，他是改了名字了，可是不叫张牵，也不叫张招，因为他根本就没打算被招回来。他的人生目标永远是“下一个”，武汉 17 岁的小护士就是他的“下一个”爱人。

不知是太爱这小姑娘了，还是张爱玲把他宠坏了，胡兰成竟然写信给张爱玲告诉她自己的新恋情，并要求张爱玲接受她。

这个爱到尘埃里的女子选择了沉默，此举也让胡兰成变本加厉，开始胡作非为，越来越不把张爱玲当作自己的妻子来看。她一个人在上海独自垂泪，黯然神伤，那朵开在尘土里的花也即将被污泥掩埋。

武汉一别，胡兰成将自己反锁在房中八个月，一部《武汉记》出炉了，文中写的主角就是这个小护士，并厚颜无耻地将稿本寄给了张爱玲，并询问她是否看过，回答只有四个字“看不下去”。这是一个女人的嫉妒，可是她却表达得那么含蓄，那么轻柔。

张爱玲在给胡兰成的信中出了一道选择题，她让胡兰成在小护士和自己之间选择一个，可是无论怎么询问，答案永远含糊其词，无奈下，她说：“我想过，我倘使不得不离开你，亦不致寻短见，亦不能再爱别人，我将只是，萎谢了。”

胡兰成的自传中有名有姓的提到了 8 个女人，没有姓名的不计其数，张爱玲只是他人生中的一个章节，可是他却是张爱玲的一生。逃亡时小护士也成了过眼云烟，张爱玲以为他会回到自己的身边，不断地给他寄钱，哪怕自己省吃俭用。

可当张爱玲千里迢迢去杭州看望他的时候得到的竟然是一句：“你怎么来了？”像一把刀子般刺痛了爱人的心。为何不能来，怎能不来?她的牵挂、她的深情都在此处，所以，就来了。

走走停停两个月，千里寻夫，期待着见面的喜悦，压抑着澎湃的情绪，忽略了他脸上的惊慌。

胡兰成的心里没有喜悦，甚至很不快，他认为“夫妻患难相从，这种世人之事，张爱玲学来很不适宜。”在他的眼中，张爱玲应该像她文中表现的那样将爱情看作游戏，不要受到世俗的牵连。也许，在他心中，张爱玲应是知己，而不是妻子。

也曾有人为胡兰成辩解，说他不想见到张爱玲是怕国民党尾随给二人都带来麻烦，更不想让张爱玲看到自己落魄的模样，即便她不在意。然而，所有人都明了，那时候的胡兰成又有了新欢，还是个寡妇。胡兰成一直以来的经济都是张爱玲支持，倘若就此分离是将置自己于不妥。他是一个自私的人，从来都只是为自己着想。

张爱玲不是傻子，却喜欢装傻，面对胡兰成与范秀玲的私情她一再隐忍，直到有天她提出给范秀玲画像，画着画着，笔就停在了半空，再也画不下去了，因为越看越像的两人让她心中的苦楚弥漫了眼眶。人常说，两个人在一起久了，相貌也就开始相像了。

这两人之间的不清不楚已经再明了不过了。张爱玲选择默默离开，一个人在船上望水流泪。

“彼此都有意而不说出来是爱情的最高境界，因为这个时候两人都在尽情享受媚眼，尽情地享受目光相对时的火热心理，尽情地享受手指相碰时的惊心动魄。一旦说出来，味道会淡许多。”这是她在回味爱情的时候说的话。

是因为当时爱得太炙热，还是因为爱得太匆忙？她用一生去回味这段爱。或许她并不追求轰轰烈烈，死去活来，爱，在她眼中带着神秘的面纱，还要忽远忽近。这似乎是她对往事的遗憾，倘若当初没有爱得那么深……

生活的戏剧化是不健康的。像这样生长在都市文化中的人，总是先看见海的图画，再看见海。先读到爱情小说，后知道爱。

## 爱就是不问值得不值得

俗世玷污了她的梦想，但她用那份信念创造了一个不俗的世界。

恰恰是婚姻的不圆满，她才创造了白流苏的完美爱情，恰恰是生命的转瞬即逝，才使她对生活保持超然的看戏姿态，优雅地转身。

日本投降之后，胡兰成如同丧家之犬到处躲藏，张爱玲不止一次给他寄钱，寄香烟，寄剃须刀。在她从杭州回来后给胡兰成又寄了一笔钱，30 万——这是她写剧本的稿费。

此后他们二人只见过一面，也只是因为胡兰成取道时留宿了的一晚。

那一晚，他们分床而眠。在张爱玲离开后的几天，胡兰成收到了一封她的信，信中写道：“我已经不喜欢你了，你是早已不喜欢我了的，我是经过一年半长的时间考虑，唯彼此的以小吉故，不欲增加你的困难，你亦不要来寻我，即使写信来，我亦是不看了。”历时两年多的张胡之恋就此落幕。在后来的岁月里，张爱玲生前没有一字记述这段民国绝恋。

只是在《小团圆》、《金锁记》这样的文章中反复提到了这样的爱情事例，仿佛在暗示自己，又仿佛在表达一种希望和遗憾。

曹七巧是一个被世俗折磨疯了的女人，原本正常的爱情在她眼里也附带着不堪和利益，也许是张爱玲对于自身爱情的一种否定。《倾城之恋》也许是她对曾经那段回忆的补充，为它求得一个美好的结局，也为自己画一个希望。

离婚后的日子里，胡兰成多次写信求复婚，终究得不到原谅。直至去世也不曾相见。张爱玲本就是个敏感的人，所以才能爱得那么深沉，但是他的行为却麻痹了她的心灵，从此不再打开，再无人进入。

她将过去锁在心底，不愿提起，即便后来与胡通信也只是借书观阅，绝无旁枝。对于胡兰成的误会她也只是冷漠带过，不再回头。

请允许她尘埃落定，用沉默埋葬过去。这段倾城之恋是张爱玲一生的痛，到底悔不悔恨不清楚，只知道她开始爱得卑微，后来爱得自尊，最终爱得伟大。

# 黄金时代的无奈
# 萧红和萧军的悲情恋歌

听，窗外，那阵阵的风声可紧了，淅淅的雨声可劲了。可为什么，梦里的人却越走越远？这不是天下有情人钟情的结局，却最终未逃掉离别的宿命。在风花雪月的岁月里，谁又把输赢论。

萧红和萧军在流离乱世里相逢，爱得义无反顾。不管来时的路走得如何，也不管未来的路将如何走，只要身边有你陪伴，便已足矣。

他们在一波三折处坚守。即使饿得不知食为何味，看着邻居家门口的大列巴圈咽口水，即使交不起铺盖费睡冰冷的铁床，饱受服务生的冷眼，也不曾敲碎在一起的念头。爱，便爱了。

但是他们的感情却在一帆风顺时归于冷淡，终究在6年之后，南北分散，各自前往心属的方向。

也许，他们还爱着对方，但只能以其他方式继续；也许，是他们爱得太累，只想在心底的某一个地方温存着关于对方最美的回忆；或许，他们不想再为了对方把自己低到尘埃里去，两个性格太硬的人始终不愿向彼此低头。

“二萧”六年的爱情之行，是一首绵长而悲情的歌。他们如同两只互相取暖的刺猬，靠得太近，伤了彼此，离得太远，怎能御寒？

## 一样秋花经苦雨

这无名的相逢怎能让人预料，原本的两条平行线忽而有了交集。或许连他们自己也未曾想到，夙缘就这样不经意间来到，来得措手不及，互相缠绕着对方，一起在爱里沉沦，输了自己。

在阴冷的阁楼，阳光也不曾来到的地方，晦暗肆无忌惮地生长。一个身怀六甲的女子，在这里踟蹰，在这里无声地呐喊，等待良人的归来。那张近似圆形的脸，在灯光下愈加苍白，还有一双出奇闪亮的眼睛在控诉着这个世界的炎凉。而那六百多大洋则像一张无形的巨网，禁锢着双脚，摸不着前行的路，即将分娩的痛苦更是日日夜夜折磨着这瘦小的弱体。在困境中踽踽前行的这位女子正是萧红。

去年的五月
正是我在北平吃青杏的时节
今年的五月
我生活的痛苦
真是有如青杏般的滋味

这首《偶然想起》，正是抒发了萧红在此情此境下的无奈之感。

谁也不会料到，萧红向《国际协报》发出的求助信最终将给她带来一段凄美的爱情。裴馨园以及舒群等《国际协报》的编辑雪中送炭，让此时正处于寒境中的萧红尚感受到了一丝温暖。这也是萧红这么多天以来，第一次与阁楼之外的世界有了亲密的接触，仿佛一直处于窒息中的人终于呼吸到新鲜的空气。

而此后萧军送书之行更是纠缠了一段红尘往事。如果当时是裴馨园自己前往东兴旅馆，没有托付于萧军，两人又会走向怎样的方向就很难说了。然而这只算是一份想象，大千世界，两人终究会相逢。

幽暗的光线下，萧军仔细地打量着这个初识的女人：整身只穿了一件褪了色的蓝色单长衫，小腿赤裸在外面，拖着一双变了形的女鞋，几缕若隐若现的白发在灯光下闪闪发亮，那凸起来的肚子更是显示这个女人的处境是多么凄凉，一股悲悯之情从心底悠悠升起。

他扫视了一眼房间，把书及信放好之后，准备离开那间屋子。屋中这位沉默了许久的女子终于开了口，淡淡的一句已是惊天动地：“我们谈一谈……好吗？”

两人就在这个狭小的空间里，一个坦率流畅而快速地诉说了她过去的经历以及现在的艰难处境，一个坐在椅子上安静地听着。无意之中，萧军看到几页散落在床上的信纸，拿过来看了一下，询问之后发现都是出自眼前的这个女人之手，而那些简短的诗句也都是这个女人之作：

这边树叶绿了
那边清溪唱着
姑娘啊!
春天到了。

看着这些让人眼前一亮的诗句，再看看这个有些羞涩的女子，她的脸上还浮现一抹淡淡的血红色，一种特别的情愫在萧军心底生根发芽，他顿时觉得这个世界是如此美好，眼前的这个女子是多么美丽，似乎让世间的一切风景都黯淡下去。

初见时破落、沧桑的印象都已经不见了，隐藏在她心中的是一颗美丽、聪慧、灵气俱拥的灵魂，萧军于是在心里暗暗地向自己宣誓：“我必须不惜一切牺牲和代价——拯救她！拯救这颗美丽的灵魂！这是我的义务……”

那一天，他们海阔天空地谈论着，谈到读书，谈到当时几位新的文学家，谈各自的幼时生活，也谈对“爱的哲学的理解”。他们就像一对久别重逢的故人，想促膝长谈，最后到很晚，萧军才离开东兴旅馆。

7 月 13 日，萧军再次来到东兴旅馆，敲开了那扇熟悉到每一条纹路的木门。那一刻，时间已经凝固，世界也停止了转动，他们知道，对方已经驻进了彼此的心间。当天夜里，萧红还写下了这样的诗句：

我爱诗人又怕害了诗人

因为诗人的心

是那么的美丽

水一般地，

花一般地，

我只是舍不得摧残它。

但又怕别人摧残，

那么我何妨爱他。

而萧军也在《烛心》中如实地记载了他们欣喜的这一刻：那弥漫着潮湿的霉味的阁楼，也遮不住他们的快乐。

但是这两个性格迥异的人，因了那么一点的文学爱好而在一起，本以为爱就是如此的简单，却不知，前方的路荆棘满布。世人都说爱情好，哪知爱情没那么简单，不是有了爱，就有了一切。

他们一个是已婚人士，在乡下还有一个妻子；一个大腹便便，怀着别人的孩子。从一开始，他们的结合就是如此的不和谐，以后的路程更是一步一步地艰难前行着。

1932 年 8 月上旬，哈尔滨的雨季来了，一下就是十多天。松花江的水位不断上涨，那年久失修的堤坝终将不堪一击，被江水冲毁，摩肩接踵的市区也成了一片汪洋。

街道上水深过膝，民房被淹的更是不计其数。萧红住着的东兴旅馆所在地道外十六道街，因地势低洼，已经积水一丈多深，许多旅客都拥挤在二楼等待船的到来。

从窗户望去，一片狼藉，不堪入目，那老弱病残者，在声声呼喊救命，那罹难的每一个人都是如此的不幸。萧红触目惊心地望着，望着，焦虑已经灌满了整个胸腔，可是那心念的爱人为何还没有来到楼下，把自己拯救出去？难道命运在冥冥之中暗示着某种不祥的预兆？

而此时在另一个地方萧军和朋友们也是心急如焚，商讨着如何救出萧红。后来是十九岁的舒群，送来了两个馒头和一包烟，却没能带着萧红一起走出东兴旅馆。萧红在《弃儿》中描述了自己当时绝望的处境：寂寞与焦灼。最终，萧红在一位老茶客的劝告下乘了一艘偶然从楼前经过的柴火船，逃离了这个牢狱般的囚笼，获得了新生的机会。

逃离出去后的萧红根据萧军以前提供的地址，找到了裴馨园的家，裴馨园身兼数职，收入颇丰，为人也很热情忠厚，积极地帮助萧军和萧红。

他们两人一起寄住在裴馨园的家里。暂时有了一个可栖息之处，但是迎接他们的又将是什么呢？

## 情到浓时方恨少

寄住在裴馨园家的萧红，处境也并不十分好，邻居间的冷眼相向是免不了的，受到讥讽也不能埋怨。

萧红明白裴馨园老婆黄淑英的心情，为了不增添她的烦扰，不惹她的厌恶，经常和萧军起来很早，然后到大街上去闲逛，呼吸自由的空气，一如萧红在自己的散文《弃儿》中所言：“地面上旅行着两条长长的影子，在渐渐地消泯。就像两条刚被主人收留下来的野狗一样，只是吃饭和睡觉才回到主人家里，其余尽是在街头跑着蹲着。”

字里行间是遮不住的人生凄凉，无奈挣扎努力中积攒的矛盾还是爆发，不久，裴馨园一家搬走了，带走了所有的东西，甚至连一床被褥都没有留给萧军萧红两人。

萧红进入了临产期，可住都住不暖，更别提有余钱给医院。萧军求助于裴馨园，可是裴馨园却给了一块钱就冷冷地说：“慢慢想办法，过几天，不忙。”

求助无门的萧军只能雇一辆马车，把萧红送到医院。医生检查后说离临产期还有一个月。只能又用马车把萧红拉了回去。

此时，萧军身上仅有的 5 角钱也给了马夫，而自己却滴水未进，饥肠辘辘了一整天。萧军的心里只有萧红，想的也是如何凑齐 15 元，来支付生产的住院费。

痛如刀绞的萧红，又怎不明白这个男人的艰辛？这个男人对自己的好，即使肚里的孩子是别人的，也不曾言语半点。

萧红的感情都依托在萧军的身上，像抓住最后一根稻草一般。孩子出生后，那声声啼哭如魔咒一般折磨着萧红的心理。想哄好孩子，给她母亲的爱暖，可是一想到这个孩子是如何折磨自己，想到这个孩子的父亲是多么的绝情，抛弃自己，又想到对自己这么好的萧军……各种矛盾与纠结都接踵而来。

后来，萧红把孩子送给了一个三十多岁的女人，无人看到这位母亲心中的伤疤。把孩子送给他人，或许不失为最好的办法，自己的生计都成问题，又怎能养好一个孩子？

当萧军知道这个消息后，只是安静地回答："这回我们没有挂碍了，丢掉一个小孩使多数小孩要获救的目的达到了。现在的问题就是住院费。"萧红的此番举动也让萧军更坚信眼前的这个女人一定是自己将来忠实的伙伴，他们再次流落街头，成了一对无家可归的人儿。

或许，"流浪"是对他们两人六年时光中最好的概括。流浪中相携相伴，流浪中相偎相爱。

搬离裴家后，两人住进了白俄经营的欧罗巴旅馆，这也算是相爱后真正意义上拥有的属于他们自己的住处。屋子已经被老板收去了所有的用具，只剩一个空壳，还有一张肿胀的草褥在床上，露出黑点和白圈的破木桌，变了颜色的破藤椅在萧红看来都是温暖的。

这一切虽然十分枯槁，糟糕至极，但是并没有影响热恋中的两个人。他们眼睛里所呈现的都是满足的光彩，即使静静地躺在简陋的草褥上，彼此也能在爱意的滋润下沉沉入眠。

萧军不再为《国际协报》工作，没有了固定的收入来源，而萧红也没有工作。贫困成了两人最大的困难，饥饿经常光顾两人。两条鞋带也要分成两段，分别束在两人的脚上。萧军只能用借来的五角钱，带萧红到破落的肮脏的小饭馆，喝一碗玉米粥。

即使吃不饱，也如三月阳光，如此温暖。回到旅馆，萧军连屋也不进，又要忙着筹钱，只是对萧红说："你进屋吧，我到外面有点事情。"

萧军有了一点经济收入，就把以前送到当铺的两件衣服赎了回来。

把夹袍给萧红，自己只穿一件小毛衣。寒冷侵袭，冻住的只是身，冻不住这颗火热的心。

独自在屋子的萧红，只能用睡眠来抑制饥饿，抵住寒冷，而那楼道里萧军的脚步声对萧红来说就是最好听的声音。即使只能就着刷牙缸里的水吃馒头，还不能饱，他们也无怨无悔地忍受着贫困的煎熬，他们相信生活也有甘甜。

1932 年 11 月，萧军和萧红搬到了萧军单位同事的一间耳房，算是暂时结束了他们流浪漂泊的日子。

虽然解决了住的问题，但是贫困仍然不曾远离，饥饿寒冷还是时常而至。萧红尝试着做各种家务活，即使炉子火点不燃，还烧坏了自己的指甲，也不再憧憬以前娇女时期的生活，明白生活容不得掉一滴眼泪，喊一声痛。

然而，独自待在屋子里的时候，到处都是寂寞、孤独、寂寥的空气，萧红也如一只孤独的鸟儿，唱着悲凉的望夫曲。萧军则为了生活经常在外奔波，走到很远的地方去教武术、国文等，每天都是拖着疲倦的身子回到家中。那抹熟悉的身影归来，也只有不息的熟睡声，自己的愁绪对何人说，那寂寥的深夜该如何度过呢？就这样，时常彻夜不眠。

后来萧红受金剑啸的影响，最终走上了左翼文艺的道路，也在朋友的鼓励下，重新拿起笔，写了一篇《王阿嫂的死》。以后孤寂而漫长的日子，藉由文字，萧红都有了一个诉说的渠道。

1933 年 10 月，二萧自费出版了一本小说散文集《跋涉》。由此可见，二萧在艰辛生活之路上的奋进，对文学的热爱。即使已经捉襟见肘，入不敷出，难耐饥饿，也要追寻那颗文学梦。

《跋涉》的出版，触动到社会上一些反动势力，他们不得不逃离“满洲国”，赶赴青岛。1934 年 6 月 15 日，二萧到达青岛，在舒群夫妇的安排下，住进了观象山一路一号的房子。

### 人生若只如初见

二萧的爱情从一开始，就是建立在萧军对萧红文学才华的赏识基础上。在以后的交往之中，写作不仅对萧红而言极为重要，在二萧的爱情之路上也扮演着重要角色。

萧红的写作一直与其生命历程有着莫大的联系，可谓力透纸背，一把辛酸泪。萧军的写作总是富于激情，字里行间都是汩汩的粗犷奔放，悲愤强悍。这样的一刚一柔，会相济相容还是相生相克？

二萧抵达青岛之后，就分别担任了《新女性周刊》、《青岛晨报》的主编。他们在工作之余，继续写作未完成的《八月的乡村》、《生死场》。

而那风景宜人的住处，有着共同追求的朋友，即使生活一贫如洗，在青岛的生活还是比较如意。可这样的日子只维持了 5 个月，为躲避国民党的搜捕，萧红萧军与一个朋友藏身在船身最下层的货舱里，与咸鱼、粉条等杂货挤在一起，逃到了上海。

在上海，萧军萧红与之前取得联系的鲁迅先生见了面，在文学上得到了鲁迅先生的指导与鼓励，在生活上也得到鲁迅先生以及许广平先生的关怀和帮助。

正当两人成为中国现代文学史上的实力作家，写作和生活都越来越顺利时，生活之间的矛盾也暴露出来，两人之间的关系大部分时间都是处于紧张状态。

鲁迅认为《生死场》在手法的生动上比《八月的乡村》更加成熟些，而萧红在写作前途方面也更有希望。当时许多的人都认为萧红比萧军更有才华。可是在萧军的眼中，萧红应该一直身处自己的羽翼之下，虽有才华，怎能超过自己？加上萧军大男子主义的心理，两人现在更多的是争吵。

萧军的人格魅力使其在女性之中很受欢迎，而萧军本人关于“爱便爱，不爱便丢开，丢不开，便任他丢不开”的“爱的哲学”，也牵扯太多的情感纠葛。

还是住在商市街的时候，房东的二女儿就看上了萧军，想和萧军好，但是如此条件下，萧军无暇考虑其他事，心里只有萧红，也正如后来他自己所说的：“曾经也排除过不算少的障碍和干扰，终于还是毅然地和她一道走过来……并未怀有二心。”

然而陈涓这位美丽女子的出现，撩动了萧军的心。在哈尔滨的时候，陈涓感觉到了萧红不甚友好的态度，觉得人心之间的隔膜很可怕，于是选择回到了南方。来到商市街告别的时候，萧军塞给她一封信，而信中只有一朵干枯的玫瑰。

这朵多情的玫瑰，延续到了十里洋场的上海。

来到上海后，萧军还专门到陈涓的家中去拜访过，然而，此时的陈涓，已经嫁作他人妇，漂泊在沈阳。1936 年，陈涓带着幼小的孩子回到了上海父母家中。

萧军常到陈涓家里去坐坐，也常邀请陈涓出去吃东西。在陈涓看来，自己已经结婚，还有了小孩子，与萧军的来往并无他想，仅仅只是友人的关系。可是在萧军这个多情的人看来，爱上陈涓并不是没有的事。萧军无路可逃，无法可想，酒就是最好的朋友。

敏感的萧红早已把一切都看在眼里，所有的痛楚都灌入了《苦杯》:

昨晚他写了一只诗，

我也写了一只诗。

他是写给他新的情人，

我是写给我悲哀的心的……

说什么爱情，

说什么受难者共同走尽患难的路程，

都成了昨夜的梦，昨夜的明灯。

苦闷、孤寂、愁绪、失望吞噬着萧红的生命，无处排遣，无人可诉。现在，萧红最好的去处就是鲁迅先生的家中，至少那里还有像父亲般关心自己的人，像姐姐般听自己倾诉，开导自己的人。

有时候，萧红来到鲁迅家里，鲁迅先生病情严重，许广平也要忙着其他的事情，只能让海婴陪她。

萧红自己心里也明了，在这个家庭上再附加自己的苦闷，是不好的，她渐渐不去叨扰，也尽可能不与朋友相聚，以免破坏气氛，还是一个人四处逛逛，像弃儿般游走在无涯的苦海里。饿了就到俄国大菜馆，吃两角钱一客的便宜饭，那青菜米粥就只是青菜，只是米粥，食不知味，有的只是记忆里苦涩的味道。

莫笑红尘是非多，举杯独叹长江水。

留不住的沙，哭红了我的脸颊。

江畔的月，江畔的风，江畔的离人最愁涌。

在黄源的建议下，萧红准备到日本生活一段时期。在那里，萧红有黄源的夫人许粤华照顾和相伴，还可以与弟弟叙叙姐弟之情。萧红和萧军反复商量后就决定暂时分别两地，萧红去日本，萧军去青岛。一年后，两人到上海来聚会。

1935 年 7 月 17 日，萧红登上了驶往日本的轮船，离开了这个熟悉的城市，这里有太多的伤心事，也有太多想念的人，也许暂时离开是最好的办法。

码头如海潮般翻涌着挥手送别的人，一句话别的声音遥远又陌生，又有谁能说清相见在何日，相聚在何时。

一直生活在一起的两个人，虽有吵闹，现在一个人远渡重洋，还不知道在异国的土地上有什么样的生活在等着自己，萧红看着这海水深沉，海风拂面，骄阳高照，一股股寂寞与孤独的寒流开始渗入心底。望着远方，萧红迫不及待地就给萧军写信，倾诉自己的心情。

1937 年 1 月 13 日，萧红回到了阔别已久的故土。李白有一首《秋风词》，其诗言：

秋风清，秋月明，落叶聚还散。寒鸦栖复惊，相思相见知何日。此时此夜难为情，入我相思门，知我相思苦。长相思兮长相忆，短相思兮无穷极。早知如此绊人心，何如当初莫相识。

这首诗虽然是悲秋之作，又何尝不是萧红在日本接近一年半多的时间的心境写照？

到了日本，住处很快就布置妥当了，只是这空荡荡的房间总觉得好像少了什么。看着这一桌一椅一席子，就是不见那孔武有力的身影。而弟弟已经回到东北呼兰家中，准备与弟弟见面的机会就这样错失，萧红对日本更加陌生，心绪更加低落，每一秒都仿佛是难耐的寂寞和孤苦。

写作是她排泄情绪的方法，可是满腔的话想说却写不出来一个字。萧红听着那噔噔的木屐声，心情更加糟糕。用她自己的话说："真是好像充军西伯利亚一样。"

渐渐振作起来的萧红，开始给萧军写信，催促他给自己寄一些书来，时常关心下萧军的生活起居，讨论一下文学命题；开始写文章，写对时局的看法，写自己的心情；后来还在东亚补习学校报了名学习日语，希冀自己能够接触更多的日本文学书籍。

萧军此时已经到了青岛，住进朋友在山东大学的教员单人宿舍里。在青岛的日子，萧军为自己制订了严格的生活和工作计划，每天都会安排一定的时间来写作，生活得比较惬意而充实，并且写信告诉了远在东京的萧红。

为了让萧红放心，排除她浓浓的乡愁和孤独，萧军在信中尽量多说自己生活愉悦之事，还给萧红寄去了两张照片，一张是悠然自得地在山东大学宿舍窗口弹吉他，一张是在海滩上照的。那穿着游泳裤，光着脊背，满脸洋溢着灿烂的笑容的人，确实也给独在异乡的萧红丝丝安慰。

然而，鲁迅先生的去世和萧军的又一次坠入爱河，给了萧红重重的打击。精神导师的离开，不亚于祖父的去世带来的伤痛，萧红心情变得愈加急躁，始终觉得他还活着。而曾经的挚爱又一次对着别的女人说情话。

此时萧红的心就如浸在毒汁里，黑压压一片，暗无天日，但对于感情之事却是无可奈何。

## 缘聚缘分原自幻

回到上海后，萧红与萧军关系逐渐好转，她还经常给萧军整理文稿。两人这时在文坛上名气越来越大。上海文艺界也已经向他们敞开了大门，许多刊物纷纷向他们约稿。

两人斗志昂扬，情绪高涨，表现出对文学事业的热爱和做一番事业的抱负。但是两人之间的感情依然如旧，都还在爱着彼此，也在努力修补感情的裂痕，只是矛盾不曾消失或者减弱，还有激增的趋势。

热爱文学的萧军，性格粗鲁，常常喜欢用武力解决事情，甚至有时候还会对萧红拳头相向。这无疑加剧了两人关系的僵化。萧军时常到友人那里去，有时候还抱怨萧红的散文小说并不能称为小说。堆满愁容的萧红，听着窗外传来的声声胡琴音，听那凄怆、悲切的调子，更感人生的不幸，身世的飘零。

后来两人又分分合合，时好时坏。

1937 年 4 月下旬，萧红踏上了北上的火车。这一次的短暂分别，于二萧而言，又是一次关系的缓和剂。然而六年后两人最终还是走向了分手。或许这样的结果早就注定了。

卢沟桥事件爆发后，萧军想参加到抗日的队伍中去，与众多的同志一起参与到救亡图存的斗争中去。但是面对这样的人生抉择，两人出现了不可调和的矛盾。两人针对究竟是选择去运城还是去五台山的问题，出现了分歧。

萧红不想离开萧军，想和萧军一起去五台山，但是萧军不太放心，认为萧红的身体情况不可能适应那里艰苦的条件，最终萧红去了运城，萧军随部队去了五台山。

这次的分别，于萧红而言，意味着与萧军永远的分别，于萧军而言，只要萧红不说分手，则永远是夫妇，绝不会抛弃她。

然而当两人再次在西安见面时，还是分手了，从此再也没有见过面。关于具体的过程都是各持其言，没有明确的说法。

后来萧军离开了西安，去往延安，投身到抗日救亡文艺工作，在经过兰州的时候，与王德芬相识并结婚。萧红则与端木蕻良一起前往武汉，举行了婚礼。这段维持了六年时间的婚姻，最终还是走入了劳燕分飞的结局。

二萧之间爱仍然存在，只是再深的爱还是败给了现实，败给了两人性格的差异。萧军爽朗多情的性格之中也带有些许粗犷豪迈，萧红更多的则是细腻敏感，家世的悲凉，身体的孱弱，让她对什么事物都带有感伤的因子，性格中有着极为柔弱的一面。

正如萧军自己所说：“如果按音乐做比方，她就是如同一具小提琴拉奏出来的犹如肖邦的一些抒情的哀伤的，使人感到无可奈何的，无法抗拒的，细得如发丝那样的小夜曲；而我则只能用钢琴，或管弦乐器表演一些奏鸣曲或交响曲！钢琴和提琴如果能够很好地互相伴奏，配合起来当然是很好的；否则的话也只能各自独奏合适于自己特点和特性的乐曲了。无论音量、音质和音色……它们全是不相同的。”

如此不同的两人，因为刹那的怦然心动而走在一起，因为尊崇对方的才华而惺惺相惜。面对艰苦的生活，恶劣的环境，他们不曾悲观，不曾愁苦，给爱的人一个信任的拥抱，一起潇洒走一回。真正走上顺利人生时，各自的棱角逐渐尖锐，他们相互折磨，一起在痛苦里相互爱着。这样的爱，太窒息。

萧军曾经对聂绀弩说萧红是一个单纯、醇厚、倔强、有才能的女子，他是爱她的，但是萧红不是妻子，尤其不是他的。而萧红也坦率地对人说过她是爱萧军的，至今都还爱，可是觉得做他的妻子太痛苦了！两人相爱却不能相守一生。

二萧的爱情，不因东风恶，却是欢情薄。那春依在，人却非，六年相守余生离索，锦书山盟终成空。

# 飞扬与落寞
# 徐志摩和陆小曼的浪漫红尘

## 飞扬，飞扬

海上花开忆京华，多少前尘旧事。上海，北京，伦敦这三个既浪漫气息又有学术氛围的城市是诗人徐志摩一生浓得化不开的牵绊。

他有诗人的气质，诗人的才华，诗人的柔情，但是却没有生在李太白那样一个诗人的时代。诗人的感情犹如山洪暴发一样，来时波涛汹涌难以阻挡，去时却又悄无声息无影无踪，但是大多数时候他的感情都如冰山下的沉默，难以窥视。

名媛陆小曼却如熊熊的火把点燃了徐志摩的激情，二人毅然决然地携手赴这场烈火之恋，即使是背上抛妻弃子与不守妇德的千古骂名，也要携手看这十里洋场的悲欢离合，以至于在徐志摩去世后的岁月里，陆小曼都永远难以忘记那个总是戴着眼睛，手掩书卷，含笑凝视她的温润的君子。

中学生提起徐志摩定是想起那句“悄悄是别离的笙箫，沉默是今晚的康桥”，中文系的大学生提起徐志摩可能更喜欢他的“爱、自由、美”的宣言，而茶余饭后的文艺青年坐在一起似乎更喜欢谈论徐志摩剪不断理还乱的爱情故事，学者们似乎更热衷于讨论徐志摩在新诗方面的理论成就。

有人爱慕他的潘安貌，有人羡慕他的陆海才，有人贪恋他自由飞舞的灵魂，也许正是这种灵动与自由才引得众人追捧的名媛陆小曼的青睐，两朵在空中飞舞的雪花不期而遇，然后一起飞扬，却终免不了你有你的方向，我有我的方向的结局，他们的相识与相恋成为民国时期让人难以忘记的一场风花雪月的事儿。

徐志摩是一个诗人，有着南唐后主的忧郁，有着李商隐的朦胧，还有着李白的热烈，这样自由的灵魂本该高高飞翔，但却在遇到心中的挚爱后，低到了尘埃，这是诗人的悲哀，亦是才子的痴情。

1915 年小有名气的徐志摩被政界风云人物张君劢看好，把自己的妹妹张幼仪许配于他。这是一场典型的“父母之命，媒妁之言”的中国式婚姻，毫无爱情基础可言，在结婚之前二位新人未曾见面，家世成了考究是否匹配的唯一条件。

张幼仪这个大家闺秀并不是徐志摩眼中的佳人，又一次成了“母亲的媳妇”。因此二人的婚姻仅维持了七年就宣告瓦解。1922 年，一心迷恋林徽因的徐志摩赶赴柏林与腹中有了身孕的妻子签下了离婚协议，至此他似乎又成了一个拥有爱的权利的自由之人，这场“小脚与西服”的婚姻最终草草收场。

1922 年情场失意的徐志摩回国，留在北京任教，俨然是当时文化界的名人，因此有机会接触上流社会的各种人物，也就是在一次次的纸醉金迷与推杯换盏之中，他遇见了一生中最重要的女人——陆小曼。

提起陆小曼，当时无人不知无人不晓，胡适曾说：“陆小曼是北京一道不可不看的风景。”是的，她是一道风景，是众人站在窗户底下欣赏的风景，装饰着别人一个又一个美丽的梦。

陆小曼出身名门，曾就读于北京女子师范大学附属小学，接受过新式思想，能说一口流利的英语和法语，在北洋政府担任过外交翻译，闻名北京社交界。

她工于工笔画，有许多作品流传于世。最为难得的是她还深谙昆曲，不仅爱听戏，还爱登台唱戏，苗条的身段把戏里的每一个角色都刻画得入木三分。

用现在人们的审美眼光来看陆小曼，她定是一位颇具古典才女气息兼通琴棋书画的窈窕淑女。窈窕淑女现，定有君子求。郎才女貌是最被人看好的搭配。时任政府翻译官的陆小曼顺理成章地与毕业于美国西点军校的高才生王赓结婚，陆军上校的王赓亦是多少少女的春闺梦里之人，但弱水三千只取一瓢。

他们婚后的日子并非外人猜测的那样幸福，如果说王赓是一个“工作狂”，陆小曼就是一只“金丝雀”，娇妻在侧，他却常常让她独守空房，自己则为了国家的安危日夜奔走于各大战区。

两人聚少离多，陆小曼渐渐在京城各大舞厅和酒会上穿梭，闲来无事就和官太太们打打麻将，聊以消遣寂寞而空虚的时间。陆小曼的舞姿技压群芳，有陆小曼在场的舞会，那一袭倩影总会成为舞会中最引人注目的风景，这样的如花美眷不知是多少风流才子的梦中人。

徐志摩与王赓同是梁启超的学生，二人在留学之时成为莫逆之交。徐志摩初来北京之后，也无太多应酬，对妻子因爱生忧的王赓决定让好友多陪陪小曼。正是在那场舞会之上，徐志摩认识了一袭红衣的陆小曼。灯红酒绿的房间，咿咿呀呀的情歌，醉生梦死的男女，你推我搡的暧昧，在这样嘈杂的环境之中一切事情都笼上了一层朦胧的色彩。

灵动曼妙的舞姿就那样不经意地闯入徐志摩眼中，出色的舞姿险些让徐志摩错认为舞厅的头牌，后来经过一番交谈才知道原来是王赓的妻子陆小曼。徐志摩曾在英国留学，西洋的绅士风度倒是学得十足的好，交谊舞更是跳得出神入化，于是很绅士地邀请陆小曼跳舞。

小曼也非性格忸怩之人，有人相邀定然欣然赴约。两人携手来到舞场，徐志摩伸手请舞，陆小曼完美配合，跟随着音乐的节拍，你进我退，你前我后，蹦哒哒，蹦哒哒，蹦哒哒……一切是那样的协调。

幽暗的灯光下，徐志摩仔细审视这个近在咫尺的女子，毋庸置疑，社交名媛是美丽的，只是她的美并不像其他女子一样带着妖艳的风尘之气，陆小曼的美是灵动的，纯洁的，似乎不染一点儿人间烟火。最为动人的是她的一双眼睛也在说话，柔波里荡起心泉的秘密，透过那个清澈的眸子，徐志摩似乎看透了她灵魂深处的孤寂。

徐志摩说："我不爱说话，因为总是怕说错话得罪人，但是我总是认为人最重要的是要自由和真实。"这一句低喃的轻语敲醒了陆小曼沉睡的灵魂。什么是自由？什么是真实？自小养尊处优，她一直认为自己是个自由的人，如今却是一语惊醒梦中人。

音乐结束，舞步也早已停止，二人回归到座位，她第一次觉得自己原来就是一只养在笼子里面的金丝雀而已，可悲可叹。

## 你在心上，便是天堂

初次相遇，印象深刻，长安街再次相遇，陆小曼竟然主动与徐志摩问候聊天，你一言我一语，甚是投机。王赓整日在外出差，很少有时间来陪陆小曼，每当陆小曼央求王赓带自己出去，王赓总是说："志摩爱玩儿，你找他去吧。"有了王赓的允许，二人来往更是密切。

都说人生如戏，而戏又何尝不如人生，分不清戏里戏外的真实与虚假，浓墨重彩的装束总是掩盖内心的喜怒哀乐。随着徐志摩和陆小曼的频繁出玩儿，二人似乎成为性情相投的"玩伴"，他们渐渐在公众场合出双入对。

陆小曼沉迷戏曲，闲暇时总爱找名角儿学戏，有一次，因其名媛身份出席演唱为灾区集资，她演的是《牡丹亭》里面的《春香闹学》一出，却缺少扮演老学究的陈最良。

而徐志摩也热爱戏曲，经小曼多次央求，素日里严肃的教书匠竟从讲台走上了舞台，讲台上的他是博学多才、谈吐诙谐的翩翩君子，舞台上的他却是泥古不化恪守教条的老学究，戏里戏外，云泥之别。陆小曼扮演机灵活泼好动的丫鬟春香。在正式演出之前，二人曾有过多次的排练，朝夕相处的日子里有一种感情在慢慢升温。

上场之前，二人在后台扮相，已经对装扮得心应手的陆小曼早早就变身成为一个活泼的丫鬟，杜丽娘也静静地坐在一旁，唯有徐志摩扮演的陈最良还没有化好装。

小曼一时兴起，要帮徐志摩画一下本来就较为黯淡的眉毛，纤纤素手握着画笔在徐志摩涂满脂粉的脸上专注地描画，彼此呼吸可闻，画眉这一举动瞬时就有了不同的意味，若不是二人脸上的油墨重彩，估计掩盖不了绯红的脸颊。

小曼画完，又对着镜子机械地给自己补妆，志摩也回神戴胡子，在大大的菱花镜里面，朱漆勾勒一个你，胶青描画我自己，暧昧的气息逐渐氤氲开来。

正式演出的舞台之上，另一个女子缓缓地幽怨："春香，不到园里怎知春色如许。"戏台上的春香看到满园春色也是喜上眉梢，而真实的陆小曼却猛然惊醒：若是一直被禁锢在丈夫为自己建造的金丝笼里，怎知世界如此之大？！

接着杜丽娘又无限心酸地唱出："原来姹紫嫣红开遍，似这般都付于断井颓垣。良辰美景奈何天，赏心乐事谁家院，朝飞暮卷，云霞翠轩，雨丝风片烟波画船，锦屏人忒看得这韶光贱。"这是杜丽娘的心声，可陆小曼不也把这韶光看贱吗？一直以来自己所引以为傲令无数太太们羡慕的生活，竟然成了一个充满讽刺意味的炼狱，这是一种怎样的悲哀与绝望！

但最引人注目的还是陆小曼与徐志摩的对手戏，这两位暗生情愫的演员如何在舞台上扮演相互仇视的两个角色还真是让人好奇。只见老学究徐志摩板着脸训斥春香带着小姐胡闹，并让其出手接受挨打以示惩戒。

淘气的春香把双手在老学究面前高低不同地晃荡，直晃得老学究头晕眼花，徐志摩应该也是第一次见到这样淘气的陆小曼，待到最后徐志摩从高高的椅子上摔下来，更是惹起了观众大笑。

至此之后，徐志摩恋上了陆小曼，由于王赓经常出差，陆小曼就有更多的时间陪徐志摩聊天游玩。也许陆小曼也对舞台上的徐志摩动心了，一时间心血来潮，竟然想要去徐志摩任教的课堂去看一看讲台上面的“老学究”。

徐志摩看到门外面依稀有一个身影，温和地让迟到的学生进来，但是万万没有想到进来的竟然是一身素淡衣裙，未施粉黛的陆小曼，突如其来的访客让徐志摩一节课都魂游太虚，不知今夕何夕。

下课之后，二人畅聊很久，徐志摩给陆小曼讲述爱一个人的滋味和心碎的滋味，未识愁滋味的陆小曼竟然随着徐志摩的讲述时而欢喜，时而落泪。陆小曼意识到自己已经深深地爱上了面前这个男人，听他讲述着自己曾经对另一个女人的爱，陆小曼仿佛一夜之间尝遍了酸甜苦辣咸的味道。

从此二人常常见面，陆小曼作为一个有夫之妇，没少受到舆论的谴责。但他们依然我行我素，并不介意世俗的目光。

## 雨送黄昏花易落

1925年底，25岁的陆小曼向王赓提出了离婚的请求。果然，爱情可以使一个女人变得无所畏惧。王赓是受过新式思想教育的人，并没有严重的夫为妻纲的封建思想，这场离婚战役也许并没有舆论之中认定的那么难以解决。

徐志摩为了避免给正在协商离婚的陆小曼增加舆论的压力，听从胡适的安排前往英国剑桥暂避风头。徐志摩临行之前，曾嘱咐陆小曼若是思念自己，可以写信给自己，也可以把自己每日的所思所想写成日记，待日后重温这段相思之苦。

于是二人的恋情在书信中持续地升温，徐志摩亲切地称呼陆小曼为：曼、小龙、眉、眉眉吾爱；陆小曼也亲切地称呼其为：摩。在以后的岁月，这些来往的书信被编辑为《爱眉小札》一书，也许距离更坚定了二人在一起的决心。

情到浓时，诗人诗性大发写下一首《雪花的快乐》：

假如我是一朵雪花，
翩翩地在半空里潇洒，
我一定认清我的方向。
飞扬，飞扬，飞扬，
这地面上有我的方向。
不去那冷寞的幽谷，
不去那凄清的山麓，
也不上荒街去惆怅。
飞扬，飞扬，飞扬，
你看，我有我的方向！
在半空里娟娟地飞舞，
认明了那清幽的住处，
等着她来花园里探望。
飞扬，飞扬，飞扬，
啊，她身上有朱砂梅的清香！
那时我凭借我的身轻，
盈盈地，沾住了她的衣襟，
贴近她柔波似的心胸，
消溶，消溶，消溶。

溶入了她柔波似的心胸

诗人因美好的情愫而变得轻灵快乐，那时那人真如翩翩飞舞的雪花那般快乐吧。待徐志摩由国外归国时，陆小曼已恢复了自由身。徐志摩最终说动了陆家父母将女儿嫁给自己。但是徐申如却并不看好自己儿子的这场婚姻，提出了三个苛刻的条件：婚后一切费用由徐志摩自己负担、胡适之做婚姻中介人、梁启超做证婚人。沉醉在爱河的徐志摩一一答应。

1926 年 9 月 3 日，徐志摩和陆小曼在北京北海公园举行结婚仪式。梁启超的证婚词令满堂宾客大为吃惊，他说："志摩、小曼皆为过来人，希望勿再作过来人。徐志摩！你这个人性情浮躁，所以在学问方面没有成就，你这个人用情不专，以致离婚再娶。陆小曼！你要认真做人，你要尽妇道之职。你今后不可以妨害徐志摩的事业。你们两人都是过来人，离过婚又重新结婚，都是用情不专。以后要痛自悔悟，重新做人！愿你们这是最后一次结婚！"

这段证婚词可谓是前无古人后无来者，可见二人的这段叛逆之恋受到多少白眼。无奈当时二人沉醉在爱情带来的甜蜜之中，全然没有考虑这些事情。

恋爱可以五光十色绚烂多姿，婚姻则是柴米油盐平淡无光。婚后的陆小曼仍然摆脱不了公主脾气，生来喜欢享受的她定然不安于和公公婆婆居住于海宁硖石。

不久，徐志摩就和陆小曼搬来了上海，十里洋场的豪华气派和徐志摩为她租赁的别墅满足了陆小曼对物质生活的需求。于是，从前那个喜欢打牌、听戏与购物的陆小曼似乎又回来了。

女人是爱美的，这一点在陆小曼身上得到集中体现。闲来无事，总是约上三五好友逛街购物，看上的东西一定会想尽办法买回家，从来不去计较钱的问题。有时还邀请朋友来家里面打牌、开 party，俨然一副富太太的样子。

为了满足陆小曼毫无节制的需求，徐志摩不得不担负起巨大的生活开支。辗转于光华大学、东吴大学、大夏大学三个地方任教，不分昼夜地备课教书。

也许以前徐志摩站在讲台上给孩子们上课的时候，脑子里还是知识与精神，但是此时此刻站在讲台上，脑子里面全是牛奶面包的问题，正如徐志摩给自己的学生所讲的那样：“我们都是想着飞的人，从来不敢着地，因为一旦落地，金钱就是唯一的阻拦。”温饱永远大于精神。

1929 年，徐志摩辞了东吴大学、大夏大学的教职，继续在光华大学执教，1930 年秋起又在南京中央大学教书，并兼任中华书局编辑、中英文化基金会委员，上海南京两地来回跑，只为偿还小曼欠下的债务。

陆小曼的心境却在此时悄悄地发生变化，由于胃病缠身，他在医生翁瑞午的诱惑下开始吸食鸦片，吞云吐雾间，置若仙境，疼痛被麻木所覆盖。

难以想象陆小曼那样的美人躺在榻上吸鸦片的样子，她本该有万千姿态，却独不该有如此堕落的狼狈之状。随着吸食次数的增多，陆小曼越来越沉醉于鸦片带来的幻境之中，翁瑞午也成了徐志摩家的常客，男女二人共处一个烟榻之上，整日吞云吐雾。

饱读诗书的徐志摩定是难以接受这样荒唐的局面，于是曾向胡适倾吐自己的苦闷，胡适劝徐志摩以离婚为武器，威胁陆小曼改过自新。但是徐志摩却坚定地认为：如果你见过月圆的美，你就有足够的耐心去等待二十九个日子，只为那一个月圆夜。即使到那天，不幸有乌云遮住了月亮，可是你闭上眼睛也还是可以看见她在乌云后面放出的光芒。

毫无疑问，在徐志摩眼中，陆小曼永远是那样一轮美丽皎洁的月亮，他愿意等待看到乌云背后的幸福那一天。

1930 年秋，徐志摩索性辞去了上海和南京的职务，应胡适之邀，任北京大学教授，兼北京女子师范大学教授，以贴家用。仅 1931 年的上半年，徐志摩就在上海、北京两地来回奔波了八次，徐志摩以他的宽容与期待挽救这段濒临绝望的婚姻。

## 今生为你，花开荼蘼

1931 年 11 月 18 日两人又一次因为金钱的问题展开了激烈的争吵，徐志摩的眼镜被小曼的烟杆砸破了，气愤的他离家出走。

因为答应了要去北京参加林徽因一个有关中国建筑艺术的讲座，他又请朋友帮忙，寻得一张免费的运送货物的邮政机票，踏上北上的飞机。

然而，他乘坐的“济南号”飞机因当天大雾弥漫，难辨航向，撞上高山，坠入山谷。一代才子徐志摩就这样带着自己的牵挂和哀怨，永远地去了。

事发当天陆小曼正和翁瑞午在榻上吸鸦片，二人的合影突然从墙上跌落下来摔个粉碎，这一声碎裂之音惊醒了沉醉中的陆小曼。未过多久，陆小曼就接到了徐志摩罹难的通知，一张薄薄的纸片就如同徐志摩残忍地写给自己的诀别诗。

一时间陆小曼竟无法接受噩耗，拒不认尸。邮差无奈，将通知单送到了徐志摩前妻张幼仪手中，彼时的张幼仪已凭借家中实力和自己的努力成为一名涉足多领域的企业家，在这关键时刻，只有她保持理智，派儿子前去为徐志摩办理后事。而徐志摩的另一位知音林徽因，只是让金岳霖带回两片飞机残片，永远挂在卧房中。

很久以后，陆小曼似乎才明白徐志摩是真的离开了。这个温润的君子再也不会为自己低喃情诗，再也不会给自己讲道理，再也不会告诉自己心碎的滋味，可是她却深深地感受了心碎的滋味。这段不被大家看好的叛逆之恋就这样画上了不算圆满的句号。恋爱可以疯狂，可以任性，但一旦走入婚姻的殿堂，就要承担。

徐志摩死后，陆小曼不再出去交际。她对外界所有的批评和指责全部接受，正如她在致志摩挽联中说："多少前尘成噩梦，五载哀欢，匆匆永诀，天道复奚论，欲死未能因母老；万千别恨向谁言，一身愁病，渺渺离魂，人间应不久，遗文编就答君心。"

她怀念志摩，用了几十年的时间整理出版徐志摩的遗作，其中的苦辣酸甜一言难尽。徐志摩与陆小曼的婚姻是冲破封建束缚的自由结合，其间虽也曾彼此伤害，但也深深相爱。

# 卷三

## 愿为西南风，长逝入君怀

# 三生石上，一世沉沦
# 郁达夫与王映霞的若梦岁月

## 当时共我赏花人

这世界才子佳人的结合有的相濡以沫，白头偕老，有的却由情投意合的开始演变为你死我活的角逐。对于第二种结局，人们不禁扼腕叹息，曾经轰轰烈烈的爱情，耳鬓厮磨的亲昵，最终却反目成仇，劳燕分飞。

郁达夫和王映霞这对羡煞旁人的“富春江上神仙侣”，在纸醉金迷的上海陷入狂恋，在时局动荡的新加坡飘摇离散，这场孽缘也许一开始就注定悲剧，只是现实比想象中更快些，也更惊动世人些。

文人天生激情，当爱情来临之时，他们往往以燃烧的姿态去赴那场短暂却绚丽的盛宴，他们只安于此刻的美好，却从不去想激情退却后的结局。恋爱中的人总是希望“现世安稳，岁月静好”，但在激情冷却后才发现这些都是自己的痴望与奢想罢了。

郁达夫出生于浙江富阳一个普通家庭，青年时和许多爱国志士一样热心社会运动。1912 年，他因参与学潮运动被校方开除。第二年，他便在亲人的帮助下踏上日本留学的道路。正是在日本接触到新的思想和环境，郁达夫才能够更加客观且带有预见性地审视中国落后的习俗与礼节，才有经验和能力在日后写出不朽名篇——《沉沦》。

同样，郁达夫也在现实中看着自己一步步沉沦在爱情的旋涡里面无法自拔，当岁月残忍地消磨去曾经的激情，当生命的长度突然截止到 49 岁，回首往日走过的岁月，他这一世都在一个又一个不明方向的旋涡中沉沦。

尽管是一个接受过文明礼仪的绅士，仍然避免不了中国旧式婚姻制度的戕害，1917 年他从日本返回家乡与同乡女子孙荃订婚。郁达夫是幸运的，孙荃并不是不通文墨的乡野妇女，郁达夫曾形容她“荆钗裙布，貌颇不扬，然吐属风流，亦有可取之处”，从中可以看出郁达夫对孙荃还是有一些感情的。

从婚后郁达夫的一些作品也可窥到一些喜悦之情：

梦来啼笑醒来羞，红似相思绿似愁。中酒情怀春作恶，落花庭院月如钩。

或许，没有以后的遇见，像孙荃这样一个颇通诗书的才女是可以和郁达夫相守到老的，她并不是他的挚爱，但是没有烈火一样的感情，在细水长流的滋润下缓缓流到生命的尽头也未尝不是一件幸事。无奈命运弄人，一旦遇到斯人，此前种种皆为过眼云烟。

## 最好的季节

1927 年，郁达夫的缪斯女神出现在他的生命中，这个女子也在郁达夫以后的生活里带来了数不尽的悲欢离合。

1927 年 1 月 14 日，寓居上海的浪漫派大师郁达夫偶遇了自己在日留学时的好友孙百刚，得知其居住在法租界尚贤坊后约定改日登门拜访。

14 日一早，他便欣然前往好友家。一路上寒风凛冽，但他并不觉得冷，因为身上穿了远在北平的老婆孙荃寄来的皮袍子。还未进门，他就“百刚！百刚”地喊，一进门他便见到了老同学和孙夫人，还有一位年轻漂亮的小姐。

孙百刚介绍道：“这位是王映霞王小姐，是杭州学者王二南先生的外孙女。我们从温州一起逃难到上海来的。”在看到王映霞的一刹那，郁达夫枯死的心脏就再一次复活了。

那天，王映霞穿了一件织锦旗袍，曲线玲珑，一双大眼睛似笑非笑地看着他，一张略大而带有妩媚曲线的嘴唇，更给人以轻松愉快的印象。面对这样一个青春年华的妙龄少女，风尘仆仆的郁达夫竟有些不好意思起来。

面对着这样一位女子，郁达夫的一池春水搅乱了。初次见面，郁达夫那文人专属的冲动与激情就一波波袭来，竟对王映霞说：“我觉得从前在什么地方见过王小姐，好生眼熟。”

王映霞未接腔，孙太太打圆场：“也许是在杭州什么地方碰到过吧。”聊了聊才知道，王映霞曾就读于杭州女子师范学校，是出名的校花，还被评选为“杭州第一美女”。

王女士也是一个接受过新式思想的人，刚开始她并不知此人是谁，后来在好友孙百刚的介绍下才得知此人竟是文坛上声誉颇高的郁达夫。她自己也喜欢看郁达夫的作品，痴迷于他的成名作《沉沦》，面对自己的偶像，积蓄太久的感想不知从何说起，二人很快便熟络地交谈起来。

首次见面相谈甚欢，王映霞在当天的日记中这样写道：“他身材并不高大，乍一看有一些潇洒的风度。一件灰色布面的羊皮袍子，衬上了一双白丝袜子和黑直贡呢鞋子。从留得较长而略向后倒的头发看上去，大约总也因过分的忙碌而好久未剪了，他前额开阔，配上一副小眼镜，颧骨以下，显得格外瘦削。”

当日回到家中，郁达夫也在日记中写道：“我的心被映霞搅乱了，南风大，天气却温和，月明风暖，我真想煞了映霞，不知她是否也在想我，此事当竭力进行，求得和她做一个永久的朋友。”在梦中，王映霞依然美若天仙，这使郁达夫有了勇气，想迫不及待地抓住这次机会。第二天，郁达夫便前往孙家邀请王映霞外出游玩，从天韵楼到豫丰泰酒馆，二人吃吃喝喝，谈笑风生，一点也不冷场。

后来，郁达夫几乎天天往孙家跑，起初还为约会制造理由，后来实在无话可说，索性就站在门口高声朗吟道：“出门无知友，动即到君家。”

又过了一个星期，适逢王映霞的生日，郁达夫特意到当地有名的王宝和定了一桌酒席，邀请孙家夫妇一道为王映霞过生日。王映霞不禁心花怒放，席间与郁达夫频频举杯碰酒，暗送秋波。孙百刚夫妇很快发现了郁达夫的醉翁之意。郁达夫也毫不避讳，对好友说明了自己对王映霞的爱意，可他们却不赞成他的这份感情。

虽然郁达夫在文学上是难得的天才，在生活中，他却过得不如人意，作为一个已经有妻室的男人，不仅不去勇敢地承担责任，反而移情别恋，这是不可取的。同样王映霞，一个如清水芙蓉的女子，又怎会承受破坏别人家庭的“第三者”恶名?

局外人很快看到这场感情的不现实性，但是郁达夫全然不顾孙百刚的好言相劝，并放出话来：“让事实来证明一切吧！这一次是我生命的冒险，同时也是我生命的升华！”依然对王映霞穷追不舍。

在孙百刚的干涉下，王映霞只好回到杭州老家，与郁达夫断了联系。这期间，郁达夫也有些自责，每当想到远在北平的妻子孙荃心中也很不是滋味，在日记中，他这样写道：“心里只在想法子，如何报答我的女人，我可爱又可怜的女奴隶。”

然而，诗人的理智终究是敌不过激情的，郁达夫竟跑去杭州找她，在雪中一站便是两个钟头。王映霞强硬而冷酷的回避给了郁达夫沉重的打击，他开始了一段酗酒的颓废生活。局外人冷眼观看，似乎这盘棋子陷入死局之中。

1 月 28 日郁达夫给王映霞的一封信使她触动很大。其中有一句话这样写道：“人生只有一次婚姻，结婚与爱情，有微妙的关系，你但须想想当你结婚年余之后，就不得不日日做家庭主妇，或抱了小孩，祖胸哺乳等情形，我想你必能决定你现在所走的路。你情愿做一个家庭的奴隶吗？你还是情愿做一个自由的女王？你的生活，尽可以独立，你的自由，绝不可以就这样轻轻地抛弃。”

这是一封充满煽动力的情书，更是一份勇敢的爱的宣言，更是鲁迅作品《伤逝》中，子君听信了涓生“我是我自己的”言论，才决定抛弃一切和涓生走到一起的现实写照。

2 月 9 日，郁达夫给王映霞写了一封更直白的信，轰轰烈烈的爱情宣言让王映霞无处可躲：“不消说这一次我见到了你，是很热烈的爱你的。正因为我很热烈的爱你，所以一时一刻都不愿意离开你。又因为我很热烈的爱你，所以我可以丢生命，丢家庭，丢名誉，以及一切社会上的地位和金钱。所以由我来讲，现在我最重视的，是热烈的爱，是盲目的爱，是可以牺牲一切，朝不能待夕的爱。”

郁达夫的文字，在这一时期显得颇具魅力光彩。最终，王映霞被感动了。在短暂的回避之后，他们终于不顾一切地走在了一起，过年之后，王映霞重返上海。

## 沉沦

已婚男人仅存的理智瞬间土崩瓦解，两人的好感在短暂的分离后更加汹涌澎湃。他们约好去霞飞路逛街，没走几步却逛到江南大饭店开了一间房，仿佛急于单独相处。随后二人又转往四马路喝酒，接着又去快活林吃西餐，一直到晚上再回到酒店。

虽然二人在后来均否认有“越轨行为”，但他们的感情已进入白热化。在王映霞哭哭啼啼地催促下，爱昏了头的郁达夫放下了对结发妻子仅存的顾怜，于 1927 年彻底抛弃了妻子。

1928 年春天，文学才子郁达夫和“杭州第一美人”王映霞在西子湖畔举行了婚礼，新房设在金刚寺的王家，著名诗人柳亚子以“富春江上神仙侣”来形容二人婚后的甜蜜之况。

婚后的郁达夫身体较弱，还有轻微的肺病现象。为了照顾丈夫，王映霞每日用鸡汤、甲鱼、老鸭帮他调理。虽然王映霞年纪轻轻，却将郁达夫的生活照管得极为细致，郁达夫的版税及稿费收入，也管理得井然有序。

可渐渐地，二人的生活起了摩擦。首先是郁达夫的才子习气，“头发不梳、胡髭不刮、衣服不换、皮鞋不擦”，每次都要王映霞催促到剑拔弩张的地步郁达夫才去打理。其次是郁达夫好酒，常常喝得烂醉如泥，醉卧马路。

王映霞也多次劝他少喝一点，但郁达夫却耍起了小孩脾气。有一年，郁达夫因为喝酒问题和王映霞大闹，一气之下还离家出走，独自喝得酩酊大醉，睡在黄浦江码头上，身上的钱财全被小偷摸走。望着这样的丈夫，王映霞开始怀疑自己当初的选择，开始思考为了这样一个任性的男人，耗费青春究竟值不值得。

他们之间感情的破口被现实一点点撕扯变大，1936 年 1 月 15 日，郁达夫受邀去福建教书。于是，王映霞与浙江省教育厅长许绍棣发生了暧昧的关系。好事不出门恶事行千里，妻子出轨的消息很快便传到了郁达夫的耳中。起初他还不愿相信，直到王映霞和许绍棣之间的情书传到他手上时，他才当着好朋友大喊大叫：“万万想不到她会这样不要脸！”

最后郁达夫找到了妻子，让她在自己和许绍棣之间作出选择。然而，许绍棣却在关键时候退缩了，王映霞只好选择郁达夫，跟他去南洋。经过朋友的努力撮合，王映霞和郁达夫算是勉强复合，但彼此心中留下的伤口还未等痊愈，却又迎来致命一击。

1939 年，郁达夫将妻子“背负偷情”的种种事态公开发表在《大风旬刊》上，王映霞也立即写给郁达夫一封长信，信中写道：“为了孩子，为了 12 年前的诺言，为了不愿使你声名狼藉，才勉强维持这个家的残局，把你的一切丑行都淹没下去，然而你却是一个欺善怕恶、得寸进尺的人，在忍无可忍的状况下，只好把你那颗蒙了人皮的兽心揭穿了。”至此二人关系完全破裂，王映霞和郁达夫开始分居。

1940 年 3 月，王映霞和郁达夫的婚姻走到了尽头，这对曾经被艳羡的神仙眷侣最终劳燕分飞。真所谓：大堤杨柳记依依，此去离多会自稀。秋雨茂陵人独宿，凯风荆野雉双飞。

## 繁华过往

离婚后的王映霞已 34 岁，她把自己最美好的年华都给了郁达夫，如今又带着一身伤痕回国。好在用力打扮一下，竟也还是美的，很快她又在交际场上左右逢源。她像是回到一个自由的王国，重新做了自己的主人。

远在南洋的郁达夫还是想念她的，后悔过，心痛过，还给她写过信：“愁听灯前儿辈语，阿娘真个几时归。”

但这次，阿娘是铁定不会回头了。在情人戴笠死后，王映霞选择开始一段新的婚姻，安于自己的丈夫，并为他生下一男一女，一家人在芜湖过着朴实无华的生活。这样安定的生活于王映霞来说，直到最后都是满意的，王映霞晚年回忆称：“如果没有前一个他（郁达夫），也许没有人知道我的名字，没有人会对我的生活感兴趣；如果没有后一个他（钟贤道），我的后半生也许仍漂泊不定。历史长河的流逝，淌平了我心头的爱和恨，留下的只是深深的怀念。”

与王映霞分开后的郁达夫却在南洋与日本侵略军展开生与死的搏斗，他一方面担任着令人唾弃的日军翻译职务，一方面又利用职务之便，暗中救助、保护了大量文化界流亡难友、爱国侨领和当地居民。

1945 年，郁达夫在真实身份被日军识破后惨遭杀害，享年 49 岁。不知王映霞得知郁达夫的死讯会有何感想，毕竟曾经深深爱过，只能轻轻地寂寞空庭春欲晚，无奈梨花满地不解情！

# 萍水一梦，琴瑟无端
# 蔡锷与小凤仙的邂逅情缘

## 乱世不能承受之重

山青青，水碧碧，高山流水韵依依。一声声如泣如诉如悲啼。叹的是，人生难得一知己，千古知音最难觅。

山青青，水碧碧，高山流水韵依依。一声声如颂如歌如赞礼。赞的是，将军拔剑南天起，我愿做长风绕战旗。

当年一曲《知音》风靡大江南北，其哀婉缠绵的语调更是绕梁三日而不绝，让人又喜又悲。喜的是在多如星斗的人群中一代名将护国将军蔡锷终于寻找到了灵魂伴侣“侠妓”小凤仙，悲的是无奈月老有意却天不假年，英雄驾鹤西归空留美人凄凉半生。

名将配名妓，这样的搭配在历史上成为一道靓丽的风景。明末清初吴三桂与陈圆圆的故事还未散尽，将军蔡锷与名妓小凤仙的故事又因一曲《知音》镌刻在爱情的丰碑之上。也许在历史中这些青楼女子只是没入人流皆不见微小生命，但是幸得周郎眷顾，在万紫千红的群芳之中越发的幸福灿烂。

历史湮没已久，那段故事的真相多在后世的揣测中渐行渐远。关于蔡锷与小凤仙的关系，历来众说纷纭，有人认为彼此只是相互欣赏的知己却并无男女之意，又有人说二人心意相通郎情妾意……

然而无论如何，蔡锷与小凤仙的确成为我情愿相信是英雄美人的千古之恋，是中华大地烽烟四起的“逃之恋”。

在普通人眼中，青楼是一个太子进太监出的烧钱之地，然而风尘之中却颇多性情之人。妓女因为生活在社会的最底层，看惯了别人或高傲、或鄙视、或怜悯、或淡漠的目光，从而比一般人更懂得察言观色与人生冷暖。

身处乱世，一介女子如何自保，惨淡的出身将小凤仙推入青楼深渊。被迫选择了这样的生活，小凤仙却依然固守着最纯真的执念和本心。虽沦为青楼女子，“侠妓”小凤仙却向世人展示了动荡不安年代中这些生活在社会最底层女子的义薄云天与情思百转。

相逢于乱世，蔡锷与小凤仙之间的爱情必然要承受着历史的负重。而当时赫赫有名的大将军蔡锷在袁世凯当政时期凭着一身傲然骨气欲发动著名的护国运动，亦正是这个契机，促成了蔡锷与小凤仙的相遇。

了解蔡锷与小凤仙故事的人都知道，他们的爱情并不像一般英雄美女的爱情佳话那般在花前月下你侬我侬。适逢乱世，国家处于旦夕危亡之际，当潇洒英俊堪称栋梁的青年将军遇到了沦落风尘而出淤泥不染的青楼女子，两颗心忽而交错碰撞，在彼此的身上找到了另一个自己的影子。他们的爱情夹杂着浓浓的硝烟味道，周围悬浮着几度心酸与苦楚。

蔡锷将军为“四万万众之人格”的赤子之心给这段倾世之恋增加了万分豪气，而小凤仙“早知李靖是英雄”的慧眼更为这段逃之恋增加了几份谈资。人们总喜欢在饭后品一口淡茶，漫无边际地说一些胭脂泪，离人醉，英雄尽，美人休的往事与奇事，正是你一言我一语才使这段“逃之恋”深入人心。

蔡锷原名艮寅，字松坡。清朝末世的统治摇摇欲坠，1882 年在湖南省宝庆府武冈州山门镇大坝上的一个贫寒的裁缝家庭，这位日后在中国历史上写下浓墨一笔的大将军蔡锷出生了。

1887 年他随家人迁至武冈山门黄家桥。其幼年在私塾读书，家境贫困又恰逢乱世，蔡艮寅的大部分童年都是在跟随家人的辗转流离中颠沛而过。然而幼小的艮寅分外懂事有志气，愤感于家境日落，便发奋图强，努力学习。

12 岁那年考中秀才，16 岁考入长沙时务学堂，师从梁启超、谭嗣同，并受到该学堂中文总教习梁启超的赏识，两人建立起深厚的师生友谊。这段深厚的师生友谊为蔡锷以后的政治道路奠定了一定的基础。天生英才加之后天不懈，蔡锷的人生注定要从平凡惨淡中脱颖而出，在历史长河中激起耀眼的浪花。

1899 年，品学兼优的蔡艮寅得到了奔赴日本深造的机会，就读于东京大同高等学校、横滨东亚商业学校。这时，中国在腐败的清王朝统治下已是山河破碎，国力孱弱，帝国主义虎视鹰瞵，民族危机空前严重。他像许多热血青年一样怀着“愿将腰下剑，只为斩楼兰”的报国热情，寻找救国救民之出路。

“流血救民吾辈事，千秋肝胆自轮菌。”蔡艮寅的爱国豪情不加掩饰地流露出来。1900 年随湖南革命者唐才常回国参加自立军起义。起义失败后蔡艮寅将原名“艮寅”改为“锷”，取“砥砺锋锷，重新做起”之意。

“锷，剑刃也。《庄子·说剑》云‘天子之剑，以燕溪石城为锋，齐岱为锷。’共和之剑，则将以宪政为锋，民军为锷也。”这次改名亦寄予着蔡锷真正的灵魂觉醒，在当时国政败坏、民族危亡的时刻，肩负在身上的使命感与责任感让他重新认真审视自我，决心为国报效，拯救日益衰落的华夏之躯。

下定决心后的蔡锷重又回日本，这次他将自己的专业方向改为主要学习军事理论，强调“军国民主义”，在此期间，蔡锷与同学蒋方震、张孝准被誉为“中国士官三杰”。

1904 年毕业回国后主要在湖南、广西、云南等地教练新军。因其外表年轻英俊潇洒，衣饰得体，训练之时讲解透彻，技巧娴熟，被人称赞为“人中吕布，马中赤兔”。1911 年 11 月 30 日，蔡锷在云南昆明领导新军响应武昌起义，并被推举为临时革命军总司令。此时蔡锷的仕途之路可谓是一帆风顺，但是功高必会震主，势大必会遭疑。

1913 年 10 月袁世凯将蔡锷调至北京，并加以笼络与监视。正是蔡锷进京与袁世凯的步步紧逼，才成就了一代儒将蔡锷与“侠妓”小凤仙被人津津乐道的“逃之恋”。

## 爱在你侬我侬时

蔡锷被诱进京师后，原本还对袁世凯抱有幻想，积极参与国家大事，不断上书陈述己见，在其位谋其职，一心想为百姓谋功。然而随着了解加深，袁世凯的本性渐渐显露出来，倒行逆施的行径使蔡锷逐渐看清楚其并非良主，道不同不相为谋。

无奈此时深陷袁世凯天罗地网之中的蔡锷已难以脱身。英雄岂是池中物，无奈奸佞毒如蝎。三十年来家国，三千里地山河的雄心壮志只能在教坊离别歌中逐渐消磨，不知大将军有无垂泪对宫娥的难言之痛。

当陕西巷店八大胡同华灯四起的时分，咿咿呀呀的胡琴伴着荡荡悠悠的唱腔飘入了蔡锷这个失意人的耳中。举目四望，原来无意之中竟已信步来到了温柔乡。也罢，既然少年奇志已埋藏于大野，又何不沉醉在温柔乡英雄冢一次，暂缓胸中的闷气。

抹着厚厚胭脂的老鸨扭动着早已发福的腰肢缓缓走来，一脸谄媚地问蔡锷要哪个姑娘服侍。隔着不远不近的距离，老鸨脸上香味刺鼻的胭脂如同戏台子上戏子的油墨粉，一时间竟不知到底是戏如人生还是人生如戏，这到底是不是人间，但是转念一想，人生也只不过是抹去了脂粉的脸。

闲来曾听那一群游手好闲的公子哥说这里面有一个另类女子，平时寡言少语，对人对事十分高傲淡漠，并不像其他风尘女子那样一味讨好恩客。蔡锷嘴角浮起一丝玩味儿的笑意，罢了，罢了，失意淡漠之人必定是有故事之人，既然长夜漫漫无心睡眠，倒不如找一失意之人，举杯对酌，各自缅怀自己的心事，在嘈嘈杂杂的风月场所享受着难得一见的安宁。

于是淡淡地说了一句："那就小凤仙吧。"继而坐下小酌起来。老鸨听到小凤仙之名，又重新审视了一眼蔡锷，只见此人面容憔悴，衣饰普通，看来并非达官贵人，不知为何单要点名要向来被人们称为"硬骨头"的小凤仙，也许对于男人而言，得不到的便是最好的，有了白玫瑰却念念不忘红玫瑰的好。

小凤仙之所以被人称为"硬骨头"与她的秉性有很大关系，曾经的成长经历也给了她很大的影响。小凤仙者，浙江旗人也。其父朱承海，母亲不过是这个大家庭中不受人待见的偏房而已。因不愿受大老婆歧视，其母带着她离开朱家单过，这样的选择在当时非常少见，母亲的傲骨在幼年的小凤仙眼中留下了深刻的印象。然而不久之后，母亲俶尔病逝。此时的小凤仙尚且年幼，母亲的离世拉开了她颠沛流离一生的序幕。

母亲离开后，一位姓张的奶妈收留抚养她，因此小凤仙也随奶妈改为张姓。1911 年 10 月 10 日，武昌起义爆发，张奶妈带着小凤仙逃往上海。因衣食无着，张奶妈就将她暂时押给一位姓胡的艺人学戏，到南京卖唱为生，取艺名“小凤仙”。

1913 年七八月间，革命党人在南京发动反对袁世凯的“二次革命”，北洋军阀冯国璋、张勋等部攻打南京，战火延及近两月。小凤仙跟着胡老板逃回上海。战争中的丧母之孤，她的命运始终把玩在别人的掌中，为了生活，所有的骨气和骄傲都深深地埋藏在心底。

这一年的小凤仙已是 13 岁，成长为一位亭亭玉立的美人。不久，她又跟着胡老板辗转到达当时的京师北京，在著名的八大胡同之一的陕西巷云吉班卖唱接客做生意，因其才貌色艺俱佳，名震京师，成为北京城红极一时的名妓。

恃才而傲物的小凤仙颇有几分目无下尘的清高，会客之时也是凭借兴致而起，如若投缘，多说两句抑或不可，若难入慧眼，则闭门谢客。这样的高姿态必会勾起男人们的猎奇心理。

此时小凤仙轻迈莲步，来到了红烛下对影自饮的蔡锷身旁。若说世间有些情缘是一眼定终身似乎稍有夸张，但不得不承认第一次的印象很重要。

小凤仙静静地看了这个伤心人几眼，低低地说道："偶遇小事，不想麻烦先生多等一等，是小凤仙的不是。"红烛下蔡锷缓缓回头，小凤仙站在朦胧的莲花灯笼下面，一袭浅绿色的旗袍，衬托出姣好的身材，白皙的脸庞一看便知未施粉黛，眉目虽不是倾国倾城，但却有一种小家碧玉的温婉自然，是一个随性的女子。蔡锷爽朗一笑："不妨，不妨，左右不过闲来无事，与姑娘小酌一杯。"

风月场中最普通不过的开场白，风尘女子缓缓走来，温顺地赔礼道歉，花间浪子浅浅一笑，豪爽地过往不咎。但是一般女子的歉意话语只不过是"犹抱琵琶半遮面"的吊足胃口，一般浪子的毫不介意也不过是"万花丛中过片叶不沾身"的习惯使然。

然而蔡锷与小凤仙的短暂寒暄却是为后来的促膝长谈奠定了极好的基础。像小凤仙那样高傲的人，若不是对此人青睐有加，怎么会多作解释，因为她不屑于此。蔡锷的豪爽也是因面前的女子并未有他人的庸俗的脂粉味道与谄媚的讨好之行。

在接下来的聊天当中，两人你一言我一语，情投意合。但是彼此都并非心中不设防的人，又怎会坦诚相对？蔡锷对自己的真实身份闭口不提，只说自己是一身铜锈味道的商人，小凤仙戏谑道："为何我只闻到扑鼻的酸味？铜臭味倒是没有闻到。"

蔡锷开怀地笑了两声，顿觉眼前之人乃是一个妙人。小凤仙嫣然一笑道："我自坠风尘，生张熟魏阅人多矣，从来没有见到过风采就像你这样令人钦仰的，休得相欺。"

蔡锷讶然道："京城繁盛之地，游客众多：王公大臣，不知多少；公子王孙，不知多少；名士才子，不知多少。我贵不及人、美不及人、才不及人，你怎么就说我风味是独一无二的呢？"

小凤仙淡淡说道："蛟龙岂是池中物，无奈天公不假时。他日若遂凌云志，敢笑黄巢不丈夫。"

蔡锷不觉悚然，烟花之地中竟然潜藏着这般奇女子。不知不觉，入夜已深，蔡锷称有事在身告辞离去。临走之时，再次回首，看到红烛下淡淡饮酒的小凤仙，感觉心里暖暖的。

## 惊天动地“逃之恋”

此后蔡锷经常留恋于小凤仙处，有时二人相对无言，各自举杯痛饮，有时谈诗论画，读书消得泼茶香，有时也会为了一束花该怎么摆设争得面红耳赤，最后总是英雄屈膝博得美人一笑。

小凤仙是个雅致淡泊之人，从其屋内几枝怒放的红梅与泪痕点点的斑竹可见一斑。除此之外并无其他过多装饰，不外乎是一把素琴，一盘黑白分明的棋局，屋中也并没有浓浓的脂粉香，只是飘着淡淡的茶香。

小凤仙尤爱忆及二人坦诚相见之时，蔡锷四顾闺房问小凤仙喜欢哪一副对联，小凤仙轻颦浅笑：“斯人斯语若浮云，愿得君笔墨。”说罢松墨初上宣纸满屋飘香，蘸满墨汁的毛笔递于蔡锷手中，最难消受美人恩，提笔挥毫落墨：“不幸美人终薄命，由来侠女出风尘。”两句对联犹如此刻两人对望，在落款之处终是不忍再欺，大笔写下“蔡松坡”三个大字，力透纸背，犹见真诚，不知是情之所至还是设计所为，小凤仙此刻总算展颜一笑，纵郎百炼钢，化为绕指柔。

此后蔡锷出席各种活动，那一袭淡绿色的身影总是伴其左右，席间推杯换盏，更见郎情妾意，蔡锷更是整日流连在八大胡同，俨然一副裙下之臣的纨绔之样。袁世凯派来监视蔡锷的密探将蔡锷的近期举动一一汇报给他，老袁不禁会心一笑：“自古英雄难过美人关，名将吕布在貂蝉的美色之下雄心灰飞烟灭，后主李煜在教坊歌声中迎来了自己的挽歌，蔡松坡也不过如此而已。”

蔡锷渐渐意识到袁世凯监视的松懈，《二十一条》的签订深深刺痛了蔡锷的每一根神经。龙虽非池中之物，但是困于池中太久终非好事儿，是时候跃于九天了，于是机智的蔡锷和妻子演出了一出苦情的双簧戏：夫人刘侠贞因看不惯整日沉迷于秦楼楚馆的蔡锷，劝他好男儿自该“提携玉龙为君死”，岂料一向儒雅的蔡将军听到妻子的话，怒从中来，砸碎了家里的诸多摆设，甚至对妻子拳脚相向，母亲的劝阻也丝毫不起作用，伤心欲绝之下，蔡母协同两个儿媳向袁世凯请求回湖南养老，袁世凯准许了其要求，蔡母与儿媳终于离开了京城这个是非之地，也为蔡锷的行动免除了后顾之忧。

又是一个花好月圆之夜，蔡锷来到小凤仙的闺房，将外衣与帽子挂在衣架之上，随后点了几个小菜，一壶薄酒，将手上的怀表放在桌子上，缓缓地坐下来与佳人共饮。蔡锷朗声说道：“今夜既是月光正美，卿何不拉开窗帘一块欣赏，千万不可辜负了良辰美景啊。”

小凤仙缓缓走到窗户旁边，将绣有梅花的窗帘拉到一旁，月光透过白色的窗纸照射进屋内，愈加显得朦胧不清。从外面看来，犹可隐约望见举杯饮酒的动作。

小凤仙一反往日轻声细语的姿态，似是十分高兴地说道：“既然将军兴致如此至高，若将军不弃，小女子愿清歌一曲助兴。”

蔡锷拍手：“妙极妙极。”咿咿呀呀的唱腔使蔡锷感觉如置身戏台，不知今夕何夕，也许今日一别，此后再会无期，在战火连连的当下，连闭上眼睛能不能看到明日的初升的朝阳都是一件无法说定的事情，更何况漫无天际海誓山盟的话语，愿将余生化千亿，海誓山盟总是赊啊！

小凤仙的一曲《穆柯寨》唱罢，余音绕梁。戏中的穆桂英为了和心爱之人杨宗保长相厮守，不惜大打出手，毫无小女子的羞涩之情。戏里戏外总是情，蔡锷又何尝不明白小凤仙对自己的心意，胸中五内俱焚。

蔡锷不禁想起了《牡丹亭》中的唱词："情不知所起，奈何一往而情深。死者可以生，生者可以死。死而不可复生者，皆非情之致也。"以往看戏，总觉得是汤显祖的一厢情愿，但是此时此刻却感觉即使以后不幸以身殉国，红烛下这一袭倩影将会常萦于心中。一出《穆柯寨》，窗内听懂的人暗自垂泪，窗外听不懂真意的人只作热闹而已。

故事里的戏剧刚刚结束，现实的戏剧又即将上演。一出结束，蔡锷因说尿急出去上厕所，衣帽与怀表皆未带走，而小凤仙也借口天气逐渐变冷拉上了窗帘，回到桌旁仍自酌自饮。

守护在室外的密探误以为是蔡锷在饮酒，继而更加放心，毕竟美人在怀，良辰美景，岂可乱付韶光？但是蔡锷本非池中之物，若何平常的凡夫俗子沉溺于温柔乡之中，又岂担得起护国将军的大名？在密探沉沉欲睡之时，蔡锷早就坐上了去日本的"山东丸"号轮船破浪而去，从此天高海阔任尔飞翔，蛟龙一旦回归水中，定搅起滔天巨浪，定叫天地换颜色！

将近黎明，密探才感觉事情的蹊跷之处，推门入室一看，哪里还有蔡锷的影子，只有已有六分醉意的小凤仙而已。原来此二人在屋外的窥探下演绎了一出滴水不透的“逃之恋”。逃走了蔡锷，不知袁世凯会怎么发威，惊惧的密探们无奈之下把小凤仙带走，毕竟她是最后一个见蔡锷的人。袁世凯得知蔡锷离京的消息，恼羞成怒，命人好好审问嫌疑最大的小凤仙。

心爱之人已然脱离险境，对于小凤仙来说犹如心中一块大石沉沉地放下。面对密探们的威逼利诱，小凤仙坦然自若，不为所动，只是淡淡地答道：“我也不知松坡去了哪里，他听完我唱的戏之后便说尿急，毕竟他从来到我房间开始便一直不断地饮酒喝茶，上厕所也是情理之中。他离开后，我顿觉屋内稍冷，便拉上了窗帘静等他回来。左右闲来无事，看到桌子上的美酒便细细品来，各位想必也是知道的，我偏爱饮酒，谁知唱戏唱到情动之处，不知不觉便多喝了几杯，等到我再次抬头，竟是你们站在了我的面前。我还在想，那个没良心的去了哪里了？让我等得好苦。”

密探们看着小凤仙淡漠而空洞的眼神，似是相信了她的无辜，但是犹不死心地又问了一句：“你们俩确定没有预谋好吗？”

小凤仙一反常态地拍着桌子厉色道："各位官爷是什么意思？难道我会和他联合起来哄骗你们不成？若真有预谋，我为何还留在这销金窟活活地受罪，我早就随着将军潇洒去了。再说将军的离去于我又会有什么好处？将军在时，得蒙将军眷顾，有幸出入于名流之中，这对于一个青楼女子来说可是莫大的荣幸，我就是再不辨是非，也不会不识时务啊！"小凤仙的一番慷慨陈词，昭示了不卑不亢的傲然勇气，句句说来在情在理，唬得密探们渐渐消解了疑虑，也不忍再问。小凤仙以其机智成功地帮助蔡锷逃脱了天罗地网的束缚。

已摆脱魔爪的蔡锷乘坐"山东丸"号轮船由老师梁启超指导，取道日本，再从海上辗转取道上海，南下香港，再回云南。1915 年蔡锷抵达云南，12 月 25 日，他与唐继尧等革命志士宣布云南脱离袁氏政权的魔爪，宣布独立。

紧接着他们组织骁勇军队，发动护国战争。蔡锷任护国军第一军总司令，浩浩荡荡的八千梯团大军踏入蜀地，打算对川边敌军发动突然袭击，出奇制胜，夺占叙州、泸州诸要地，而后再向北攻成都、东取重庆，率领大部队挥师东下，与其他人会师武汉，形势可谓一片大好。

小凤仙在别人的口中得知蔡锷的近况又忧又喜。喜的是他果然非池中之物，好男儿自该如此，忧的是自那日别后蔡锷常入梦中，命其长相忆，将来成功之日，定不相忘，于是日日望君君不至，无奈悲从中来。

## 擦肩而过的遗憾

袁世凯死后，黎元洪继任为民国大总统，1916 年 7 月 6 日任命蔡锷为四川督军兼省长。但是，这时蔡锷的病情恶化，他草草处理了川省善后事宜，于 9 月东渡日本治喉癌。缠绵于病榻之际，蔡锷总是回想起八大胡同里的那一袭倩影，是那么的单薄，不知此时此刻她是否会在红烛之下备好酒菜等自己回去小酌。回想自己这短暂的三十多岁的生命，仰无愧于天，俯不愧于地，只是那一袭单薄而倔强的身影终是成了自己心口的一粒朱砂，无法抹去。

逃离京城之后，无数次想过要把那个倔强的女子接到自己身边，无奈时事动荡，乱贼不除，又有何心情花前月下你侬我侬。于是一遍遍地告诉自己："两情若是长久时，又岂在朝朝暮暮。"但是自己的病情如同当头棒喝，使他清醒地认识到此生再相见已是一种奢望罢了。

天妒英才，1916 年 11 月 8 日上午，一代护国将军蔡锷终因医治无效，病逝于日本福冈，年仅 34 岁。蔡锷在遗嘱中写道：“我统率滇之护国军第一军在川战阵亡及出力人员，恳饬罗佩金等核实呈请恤奖，以昭公允；锷以短命，未能尽力为民国，应为薄葬。”遗嘱中的他仍是体恤百姓的蔡锷将军，但是弥留之际他眼前浮现的是那一夜小凤仙含泪唱《穆柯寨》的一幕，若是当时便知是今日这个场景，定不会狠心舍她而去，他是何其残忍，留下一个弱女子来与袁世凯这种魔头周旋，她的柔弱背后又有多少是他不了解的坚忍？

有人白头如新倾盖如故，但是小凤仙之于蔡锷却总是有着万千张面孔，高高在上拒人于千里之外的是她小凤仙，轻歌浅笑低眉细语的是她小凤仙，欲将赤子血染红神州地的更是她小凤仙，直至此刻蔡锷都说不清楚是哪个小凤仙让他无法自拔，但是爱了就是爱了，萍水相逢，那个温婉的女子仗义援手，值得他一生铭记，然而他给与她的一生却是如此的短暂而残忍。

蔡锷病逝的消息传入国内，小凤仙自然也是知道的，也许这两年的杳无音信已让聪慧的她做好了各种凶险的准备，但是再多的准备都抵不上一句“永远都回不来了”的消息惨痛。

那夜一别，不想竟是天人永隔。天意是如此弄人。那一句“不妨，不妨，左右不过闲来无事，与姑娘小酌一杯”似乎仍是昨日的话语，前日小凤仙还翻看白公的“绿蚁新醅酒，红泥小火炉。晚来天欲雪，能饮一杯无”之句，细细想来，那是多么甜蜜的一幕，抵过万千情话。

1916 年 12 月 1 日，众人于北京中央公园为蔡锷举行追悼大会。在场者无不为这个叱咤风云的大将军的英年早逝悲痛落泪，苍天同哭，举国同哀。在一片白色的海洋里，人们看到一个身着黑色旗袍的消瘦身影，迈着细碎却坚定的步子缓缓走来，站在蔡锷将军的灵柩之前深深三鞠躬，抬头看到蔡锷将军的遗照，已是泪眼婆娑。

忆及昔日的恩爱不疑，当场送上两幅挽联：一副是“不幸周郎竟薄命，早知李靖是英雄”；另一副是“九万里南天鹏翼，直上扶摇。哪堪忧患余生，萍水姻缘成一梦。十八载北地胭脂，自悲沦落。赢得英雄知己，桃花颜色亦千秋。”闻者竞相落泪不止。

蔡锷是周郎，空有美人倾慕，却无消受美人恩赐的福气。将军的确是拔剑南天起，但是小凤仙却无缘做战旗常绕左右。幸得英雄为知己，却无奈高山流水并不能永久相依，能遇到已是万幸，怎能苛求永恒。此刻欲将心事付瑶琴，无奈知音少，弦断有谁听！

蔡锷死后，小凤仙曾一度想自杀追随而去，无奈天意弄人，性命终得保全。其后她辗转东北，改名张洗非，意图洗尽自己一生的铅华与是非。在第一任将军丈夫贩卖鸦片入狱之后，嫁给了一个平凡的锅炉工，一代侠妓最终回归了平静却温暖的家庭。

在小凤仙 54 岁的生涯里，她经历过风月场上的纸醉金迷，与蔡锷将军有着一段被传为佳话的旷世奇缘。这一瞬的甜蜜浪漫，一时的光鲜名分，所付出的却是大半生的苦难与凄凉。

据小凤仙的继女回忆，小凤仙暮年常爱翻看蔡锷身着军装的照片，女儿曾问及此人是谁，小凤仙亦如当年初遇蔡锷一般，淡淡地说道："一个故人罢了。"

若干年的相思与牵挂到了唇边只化作了一句"故人"。何处合成愁，离人心上秋。纵芭蕉不雨也飕飕。琴瑟已停若许年，无奈平地起相思，纵有千言万语却也难话相思。

# 粉墨人生未了情
# 梅兰芳和孟小冬的梨园情话

## 梨园风雨也痴狂

他是“京剧大师”，她是“梨园冬皇”，他饰的青衣温柔娇媚，她扮的老生潇洒大气，他们是上帝的宠儿，皆为京剧而生，虽为反串皆唱出了戏的精魂。正是一片对京剧的痴心造就了他们卓越的成就，也正是这样相同的喜好缔造了梨园中一段浪漫的佳话。梅兰芳与孟小冬的爱情，是戏里到戏外的延伸，是戏里到戏外的拓展，二人在纷乱的人世间演绎了一曲浪漫的恋歌。

爱情之所以成为永恒的主题，其魅力在于，它永远都是不可预知的，也无法用理性去推理和判断。那些看似般配的眷侣，结局却不尽如人意，正如梅兰芳与孟小冬，他们的结合是梨园轰动一时的佳话，悲惨的结局也让无数戏迷伤心不已。

两位京剧大师激荡的爱情，诠释了“戏如人生，人生如戏”的精髓。时至今日，回味起来仍是一段浪漫而又凄凉的爱情佳话。

华灯初上，戏院内外人山人海。一看便知这是梅兰芳开唱了。在民国时期，北平京剧界虽然繁花似锦，戏台上常有荀慧生、马连良、程砚秋等京剧名家活跃，但在知名度与上座率上都远不及梅兰芳。

而在千里之外的上海，一位新星正在冉冉升起，这便是年仅 18 岁的孟小冬。这一年，“坤伶老生”孟小冬北上京津演出，虽然已在南方声名鹊起，但对京剧艺人而言，得不到北方观众的认可即便名气很大也依然有“野路子”之嫌。当时有这样一句话在京剧界广为流传：“情愿在北数十吊一天，不愿沪上数千元一月。盖上海人三百口同声说好，固不及北边识者之一字也。”

1925 年 8 月，孟小冬在北平登台亮相演出《上天台》，一炮而红。

袁世凯的女婿、剧评人薛观澜将孟小冬与雪艳琴、露兰春等十位以美貌著称的坤伶相比后得出结论："无一能及孟小冬。"而撰写剧评的"燕京散人"对孟腔也给予极高评价："孟小冬生得一副好嗓子，最难得的是没有雌音，这在千千万万人里是难得一见的，在女须生地界，不敢说后无来者，至少可说是前无古人。"

后来在一次堂会上，孟小冬与梅兰芳联合出演《四郎探母》，大获成功。此后梅兰芳每次上演《四郎探母》总邀孟小冬合演，二人因此渐生恋情。

1926 年，北平政要王克敏举行寿宴，邀请了京城各大名人、名角儿前来祝寿，梅兰芳与孟小冬赫然在列。席间，有人提议梅孟二人合演一出《游龙戏凤》，"一个是须生之皇，一个是旦角之王，王皇同场，珠联璧合。"两位当事人也毫不忸怩，当即登台演出，大受赞赏。一些梅孟的追捧者甚至跃跃欲试，提出要为这对"舞台情侣"谋划一段现实的婚姻。

彼时的梅兰芳在家已有两房太太——王明华与福芝芳，前者身染肺病、病入膏肓，后者同样是京剧名家，有"天桥梅兰芳"之称。但坠入情海的两个当事人哪里顾得上那么多，梅兰芳虽是一代京剧名家，多年来却未曾遇见真正懂他的人，直到孟小冬出现，他才知道孟就是那个懂他的人。

在梅兰芳心中，生活中的孟小冬温婉动人，成熟干练，舞台上的她又嗓音纯正，颇有神韵，这是梅兰芳一直想寻求的伙伴。更为可贵的是，孟小冬对梅兰芳的思想和理论非常认同。他们之间不仅是生活事业上的简单交流，更重要的是在交流中彼此已进入到对方的灵魂里。

1926 年 8 月 28 日，《北洋画报》登载了一篇署名“傲翁”的文章：“小冬听从记者意见，决定嫁，新郎不是阔佬，也不是督军省长之类，而是梅兰芳。”当天，《北洋画报》还同时刊发了梅孟二人的相片，照片上梅兰芳着戏装，孟小冬穿旗装，下面的说明文字分别是“将娶孟小冬之梅兰芳”、“将嫁梅兰芳之孟小冬”。

然而这门亲事还是有很多人不赞成的，但是木已成舟，两人只能坦然面对。虽然心里有些沉重，但梅兰芳与孟小冬对这桩婚姻是有所期待的，他们希望能像以前那样相濡以沫，恩爱如初。

## 金屋藏娇突惊变

短暂的欢愉过后向孟小冬袭来的是寂寞与空虚。为了避免孟小冬与福芝芳矛盾日益激烈，梅兰芳专门为孟小冬购买了一座新宅，让她安心生活。事业如日中天的孟小冬就此过上了“金屋藏娇”的生活。

冬日，梅兰芳的结发妻子王明华由于常年患病，身体已经日渐衰落。这些年她虽然大小事情都听从福芝芳的安排，可从心理上，却对福芝芳早已厌烦。在感觉自己不久于人世时，她建议梅兰芳预约孟小冬为继室，但梅兰芳犹豫不决，未曾答应。

其实，孟小冬何尝不想有一个名分。但为了让梅兰芳少一些为难，孟小冬对此事只字未提。于是她整日无所事事，感到自己离开舞台就像鱼儿离开了水一样。

为此，孟小冬向梅兰芳提出了重返舞台的想法，梅兰芳却以“男主外，女主内”“朋友会笑我连自己的太太也养不活”为由拒绝了孟小冬的要求。

为了让孟小冬打发时光，梅兰芳请了名师鲍吉祥教孟小冬唱戏。孟小冬从小学习，没有受过系统的文化教育，因此心中一直不甘。在小楼里她专门开辟出一间书房，摆置好红木书桌，笔墨纸砚一应俱全。

每日清晨，孟小冬必来到书房临窗习字，阅读戏本或白话小说。梅兰芳闲时还会手把手教孟小冬描画梅兰竹菊，与之交谈梨园掌故，可谓其乐融融。后来，孟小冬还聘请了一位国学老师学习书法，这也成就了她日后写得一手好字。

而此时，梅兰芳的二夫人福芝芳那边，对丈夫别筑外室的事早已心知肚明。只是福芝芳向来城府颇深，半年多来竟也睁一只眼，闭一只眼，不动声色，对此事也缄口不提。对丈夫的一切活动仍像往常一样从不干涉，自己只安心主持家政。她只是在等待一个机会。

终于，机会来了。

自从嫁给了梅兰芳，孟小冬几乎放弃了之前的所有荣耀与光环，为了做好一只金丝雀，孟小冬甚至主动宣布退出舞台，结束自己的艺术生涯。这让梨园很多同行为之遗憾。孟小冬的戏迷更接受不了这个现实，他们心目中的“冬皇”刚刚崭露头角，却要为了一个男人放弃一切，他们显然无法接受这个事实。

其中有位叫王惟琛的戏迷，一直深深暗恋着孟小冬。当他得知梅孟的结合导致孟小冬不再登台后，便对梅兰芳十分愤恨，一日，他在报纸上看到孟小冬在梅家受人欺负、受尽凌辱的消息便一时安捺不住，揣着一把小手枪找梅兰芳讨要说法。

那一晚，梅兰芳正在戏友冯耿光家参加聚会，王惟琛携抢闯入冯公馆，却开枪错杀了梅党中坚分子张汉举。后来他又找到梅兰芳，要梅兰芳出来解释，还让他拿出五万元，赔偿孟小冬的经济损失。

为了大家的安全，梅兰芳答应了他的要求。回家一边筹钱，一边报了警。在梅兰芳交钱赎人的那天，警察将王惟琛家团团围住。梅兰芳将装钱的皮箱扔给他时，王惟琛激动异常，警察怕他再度犯错，将其当场击毙，枭首示众三日，一场关于“梅孟恋”的血案就这样落幕。

福芝芳听闻这样一场血案险些要了丈夫的命，而这一切皆源于孟小冬。于是找到了攻击的口实，吵闹不休。一时间社会上流言四起，各种绯闻也扑面而来。这场血案对梅兰芳的触动同样很大，他没料到孟小冬竟然会有如此大的影响。

摆在梅兰芳面前的路无外乎有三个：

第一，与孟小冬分手。考虑到二人结婚还不到一年，彼此又爱得死去活来，这场血案于孟小冬来说也没什么错，梅兰芳不忍心；

第二，保持现状。对外界的各种舆论一概不予理会，依然宠爱孟小冬如初；

第三，淡化矛盾。这次事件让梅兰芳意识到，藏匿孟小冬的“金屋”不能丢，福芝芳所在的“大本营”更应该好好关照。

思前想后之下，梅兰芳最终选择了“淡化矛盾”这条道路。冯宅血案后，他没有立刻去孟小冬那边，而是接了很多出国演出的任务，想趁此机会有一个过渡期，给大家留下一个可以冷静的空间。

然而，这样的空间对孟小冬来说是不公平的。她一面过着金屋藏娇的封闭式生活，一面要与外界隔绝，不能登台演出，这种生活方式令孟小冬心里多多少少产生了不满的情绪。

戏台上的她曾是那样高傲不羁，争强好胜，为何在生活中要活得如此压抑？

### 造化弄人

梅孟之间就这么不尴不尬地相处着，二人之间的嫌隙却越来越大。

1928年，春节过后。孟小冬突然收到一份由家人转寄的《北洋画报》，梅兰芳到天津演出，并带着妻子福芝芳亮相的消息赫然跃入孟小冬的眼帘。忍无可忍的孟小冬愤然离开，回到了自己的娘家。

孟小冬的父亲孟五爷也非等闲之辈，他对女儿说："有什么不好办的，他能去天津唱戏，你为什么不能去唱？"

小冬一听，觉得这个提议很有道理了，见母亲也十分支持，便下定决心每日用心排练，准备天津的演出。孟五爷不仅对女儿每日的饮食起居照顾得无微不至，还常常督促指导。一面忙着为女儿的演出联系场地，一方面又找她曾经的合作雪艳琴伙伴洽谈再度合作事宜。

天津方面听到孟小冬复出的消息更是激动得不行，这样求之不得的机会简直可遇不可求。尤其是主办《天津商报》的“游艺场”的沙大风，专门开辟出“孟话”专栏，诗文不断，对孟小冬大捧特捧，使孟小冬的天津之演未演先热。

阔别两年，新老戏迷皆翘首以待，当时演出盛况可见一斑。从孟小冬登台之日起，就出现一票难求的局面，之后几日，更是常常爆满。

在天津演出期间，孟小冬下榻在大华饭店，她进出各种交际场合均以男装示人，受到各界追捧。演出结束后，又在天津小住几日才返回北平的娘家居住。明眼人看得出来，孟小冬所做的这一切无疑是对梅兰芳的一种反抗。

其实，梅兰芳这次带福芝芳去天津并非是存心要气孟小冬的，只是夫人提出顺道去天津玩一趟，做丈夫的实在没有理由拒绝妻子。他没想到小报登出的这个消息竟会刺伤孟小冬，更想不到她用这种方法报复他。

这是梅兰芳第一次尝到了孟小冬的厉害，于是只好学《御碑亭》里的王有道，来到孟家领了孟五爷的一通教训，好说歹说才得到孟小冬的原谅，将其接回家中。后来，言归于好的梅孟二人又依次来到上海、香港、广州等地出演游玩，二人感情得到复合。

然而在三个人情感的拉锯战中，处于中心位置的梅兰芳始终是疲惫的。1930 年，梅兰芳要赴美演出，美国邀请他和夫人一同前往。让梅兰芳不知道是该带孟小冬去，还是该带福芝芳去。在准备答谢礼物时，梅兰芳令人特意在墨盒和砚台上刻上孟小冬的画像，这说明当时梅兰芳是想带孟小冬一同赴美。

但出人意料的是当时已怀有身孕的福芝芳为了能和梅兰芳一同赴美，居然提出堕胎，这让梅兰芳为之心痛。

为难至极的梅兰芳找到孟小冬，当看到他满含歉疚的眼神时，孟小冬明白了一切。她没有说话，只是默默承受。还主动安慰梅兰芳，要他不要为自己挂怀，专心赴美演出。最后，梅兰芳只身前往美国，福芝芳和孟小冬他谁也没有选。

望着梅兰芳的背影，孟小冬泪如雨下。明明可以幸福的，却走到了今天这般境地。孟小冬从来没想过婚姻对自己和梅兰芳的伤害会如此巨大。两人在一起悲伤远比快乐多得多。

8 月，梅兰芳在美国演出胜利归来，津平两地为迎接梅兰芳的盛大集会做好了准备。不料在梅兰芳刚刚抵达天津港时惊接到了伯母逝世的噩耗。梅兰芳匆匆奔赴北平，为生前把他当儿子养的伯母搭设灵堂，隆重治丧。

当天下午，一袭素衣的孟小冬剪了短发，头插白花来到梅宅为婆母披麻戴孝。怎料她一只脚刚踏进梅家大门就被三五个人阻拦下来。

梅兰芳见孟小冬受如此待遇自然面露难色，但看到福芝芳身怀六甲，又不好多说什么，只能替孟小冬求情道：“不看僧面看佛面。小冬已经来了，我看就让她磕个头算了！”

福芝芳当即站了起来，厉声说：“这个门，她就是不能进！否则，我拿两个孩子、肚里还有一个，和她拼了！”

这一幕，是孟小冬没有想到的。见此状的她万般无奈，哭着跑回了娘家。回首想想自己嫁给梅兰芳的这三年，从未迈入梅府一步，梅府的亭台楼阁，缀玉轩书房是什么样子，也连瞧都未瞧上一眼。她知道福芝芳一直在与她作对，但没有想到她会在如此重要的场合公开阻止她进入梅家。

这些让孟小冬感到了前所未有的压力和委屈。她与梅兰芳本是真心相爱，孟小冬也只想过平静、幸福的生活。但是没有想到会遇到这么大的挫折，这让孟小冬对二人今后的生活产生了未知，整个人也消沉了许多，回到娘家就一病不起。

1930 年 8 月 10 日，孟小冬离开北平，来到天津寄寓皇戚詹家，延请中医调治。詹家的女主人笃信佛教，每日必焚香诵经，这对孟小冬的影响很大。

她和梅兰芳的婚姻大势已去，两败俱伤并非她想看到的结果，一次次的刺激让她身心俱疲，她便以为定是自己前世做了坏事，今生才得到这般的报应。

为了摆脱烦恼，她放下与福芝芳的怨气，放下对梅兰芳的埋怨，整天大门不出二门不迈，跟着詹家的女主人从早到晚焚香祷告，潜心向佛。

离婚之后，孟小冬一蹶不振。此时的她已经被婚姻彻底伤透了。她曾经深爱的梅兰芳，曾经与她心智相应的梅兰芳，如今已经抛弃了她。孟小冬万分难过和委屈。自己为了这段婚姻，放弃了大好前程，放弃了尊严、放弃了名分，只为和梅兰芳相濡以沫。但结局却是如此惨淡，真是心有不甘。

8 月 12 日，料理完丧事的梅兰芳不顾劳累驱车至东四三条的孟宅寻找孟小冬，不想却扑了个空。小冬的父亲孟五爷劈头盖脸地将梅兰芳数落了一顿，却未曾告知小冬下落。孟小冬的三弟学科见姐夫也很痛苦，悄悄告诉他姐姐去天津养病，地址不详。这才给了梅兰芳一丝安慰。只是梅兰芳此时还在服丧期间，不宜远行，只好托付天津的朋友叶畏夏打听孟小冬的下落。

1930 年 10 月，天津发起举办为辽宁水灾急赈募款义演，孟小冬、梅兰芳、尚小云等大腕儿均在被邀请之列。梅兰芳的好友叶畏夏不仅是生行票友，还是一名新闻记者。凭借敏锐的职业洞察力，叶畏夏很快打探到孟小冬在天津的住址。为了使二人重归于好，叶畏夏从中调解，还向孟小冬建议由她和梅兰芳合演一场《探母回令》。但此时孟小冬早已心灰意冷，看破红尘，任凭叶君万般游说，始终未答应与梅兰芳公开同台，旧调重弹。

正当梅孟感情命悬一线时，孟小冬的母亲终因不放心女儿在外吃斋念佛，遂专程来天津探望。叶畏夏找到突破口，说服了老太太，并安排孟母和梅兰芳同住一家饭店，后又让梅兰芳向孟母叩拜求援。

孟母本就喜欢这位温文尔雅的女婿，如今见他这般哀求，向她保证今后不再让小冬受气也算满意，便答应为他去劝说孟小冬。在母亲的开导和朋友的劝说下，孟小冬终于破涕为笑，在 12 月 16 日演完最后一场《捉放宿店》后和母亲共同返回北平。

梅兰芳和孟小冬的这次和解其实并未真正原谅和理解，积淀的感情早在一次次争吵中越来越淡了，变成相互的忍耐。于是，他们在这种忍耐下又维持了约半年之久的夫妻关系。

## 人生如戏

梅兰芳与孟小冬真正分手的时间应该是在 1931 年 7 月，这期间发生了一件让孟小冬难以忍受的事。

孟小冬听闻，梅党中有几位中坚人士和亲友为梅兰芳的事业考虑，曾多次召开集体会议，想帮助梅兰芳在“福、孟”之间做出选择。然而梅党魁首冯耿光则“一锤定音”地要求梅抛弃孟小冬，留下福芝芳。理由很简单，他说：“孟小冬为人心高气傲，她需要‘人服侍’，而福芝芳则随和大方，她可以‘服侍人’，以‘人服侍’与‘服侍人’相比，为梅郎一生幸福计，就不妨舍孟而留福。”此言一出，将拥孟者列举的孟小冬的优点，如梨园世家、前程似锦、伶界佳话等统统压了下去，在座的每个人都哑口无言。

然而这一次孟小冬没有赌气跑回娘家，也没有去天津茹斋念佛，而是在一天夜里找到梅兰芳，和他开诚布公地谈一谈。

孟小冬提出分手，梅兰芳不肯。孟又说："冯六爷不是已经替你作出了最后选择了吗？他的话你从来说一不二，还装什么糊涂？"最后，孟小冬又很坚定地对梅兰芳说："请你放心。我不要你的钱。我今后要么不唱戏，再唱戏不会比你差；今后要么不嫁人，再嫁人也绝不会比你差！"

孟小冬是骄傲的，她追求的是爱情，但她不乞讨爱情。

不久，孟小冬就在《大公报》第一版连登三日启事："冬当时年岁幼稚，世故不熟，一切皆听介绍人主持。名定兼祧，尽人皆知。乃兰芳含糊其事，于祧母去世之日，不能实践前言，致名分顿失保障……毅然与兰芳脱离家庭关系。是我负人？抑人负我？世间自有公论，不待冬之赘言。"

至此，梅孟二人持续四年的婚姻走到尽头，画上了失败的句号。劳燕分飞，各奔东西，梅孟仳离恐怕没有赢家和输家，两败俱伤罢了。

孟小冬 19 岁嫁给梅兰芳，离婚时 23 岁，虽然年轻但因多年未曾登台演出，早已没有了生活来源。她曾提出向梅兰芳索要补偿金，但梅兰芳访美亏空了一大笔钱，自己也自身难保。直到杜月笙出面为其调停，大亨开口，梅兰芳不敢得罪，只得忍痛将其心爱的北平无量大人胡同的花园住宅卖掉，付给孟小冬 4 万元（折合今人民币约 40 万元）。

与梅兰芳分手后，孟小冬绝食、生病、避居津沽，一度在天津居士林皈依佛门。此后经年，她坚决避免与梅兰芳相见。

婚姻的失败使孟小冬事业上迎来了新巅峰，1934 年孟小冬复出后，更是一票难求。孟小冬拜在梨园大师余叔岩的门下，成了京剧第一女须生。在离开梅兰芳 6 年后，孟小冬又嫁与年长她二十岁的杜月笙，只是她始终没有原谅梅兰芳。

1947 年 9 月，杜月笙六十寿诞，以赈灾名义发帖邀请南北京剧名角来沪唱义务戏，然而，梅孟二人是否能再度同台才是戏迷们最为关心的事情。而当年有幸在现场或通过收音机聆听的人，除了“此曲只因天上有”的评价，简直无话可说。

孟小冬早已心如死灰，在杜月笙的精心安排下，梅孟二人最终没有同台：10 天戏排 5 天不重样的戏码——梅兰芳唱四场大轴，孟小冬唱一场大轴，5 场演毕，翻头重复。只是后来梅兰芳的管事姚玉芙回忆说："孟小冬演了两场《搜孤救孤》，梅先生在家听了两次电台转播……"

这段曾经令无数人为之羡慕的"梅孟恋"就这样尴尬地结束了。但我情愿相信，他们之间的分离是迫于现实的无奈，与真心无关。毕竟两人当初是那般恩爱、那般和谐。只是上天给了他们好的开始，忘记了结局的圆满。

戏如人生，两位京剧大师演绎了无数经典桥段，悲欢离合，早已与之相融。或许是太想与对方恩爱如初、白头偕老，却忘记了最初的那份简单。也许他们的人生本来就是一出戏剧，悲情的结局，是让我们更加了解爱的真实滋味。

# 卷四

## 愿得一人心，白头不相离

# 半生幽禁，一世相守
# 张学良与赵一荻的海枯石烂

## 蔡公馆的舞会

有一种爱情，没有浪漫的场景，没有美妙的语言。只是一次偶然间的邂逅，便已相约了一生的守候。这种纯真、简单的爱情虽然让人觉得不够实际，甚至有些虚幻。但它却真实存在着，历久弥新。

少帅张学良与赵家四小姐的爱情虽然爱得艰苦，但在整个历程中所呈现出的对爱情的诠释却是完美的。在几近绝望与痛苦的边缘，是爱让他们死里逃生；在漫长煎熬的幽禁岁月中是爱让他们绝处逢生，喜上眉梢。

正是有了彼此的爱与陪伴，一切的寂寞和苦难都不值一提。张学良与赵一荻的爱情告诉我们，爱情最大的幸福，莫过于相濡以沫，一生坚守。

作为“东北王”张作霖的长子，张学良继承了父亲的霸气与能力。率军坚守在祖国东北。在当时，张学良在东北的地位和威望不亚于自己的父亲，国民党正是看中了他的绝对优势，才决定与他合作。一是为了共同抗击日本的侵入，二是想在击退日本之后，利用张学良与共产党决一死战。

因此，张学良当时在东北的名气无人能敌。除了带兵打仗，他还常常活跃在各大社交场所。这既是他的工作，也是他的爱好。而他与赵一荻的相遇，就是在朋友的一次生日宴会上发生的。也是这一次的相遇锁定了他们一生的情缘。

彼时的赵一荻，只是一个刚成年的小姑娘。她出生于香港，又名绮霞，因出生当日东方天际出现一片绮丽多彩的霞光而得名。因家中已有两位哥哥和三位姐姐，她在姐妹中排行第四，因此被亲昵地称为赵四小姐。

因父亲赵庆华曾在天津和上海等地做过铁路局局长和交通局次长，所以赵家也称得上是当地的名门望族。赵家的三位大小姐早已出入各大交际场所，赵一荻因年龄幼小，常常被留在家中，不许参加社交活动。

然而，缘分来了是挡都挡不住的。在天津蔡公馆的这次生日舞会中，赵一荻怀着好奇的心情打算偷偷跟着姐姐们来一开眼界。也正是这一次活动让赵一荻遇见了此生挚爱——张学良。

当时年少的赵一荻看到帅气逼人的张学良时，那颗粉红色的少女心突然如小鹿乱撞。虽然她知道张学良年长自己很多，但还是忍不住看他。混迹江湖多年的张学良，看到这个年轻女子注意如痴地看着他，自然是知道了一切，只是张学良觉得眼前这位妙龄女子虽然年纪尚小，但气质优雅，便借机邀请赵一荻共舞一曲。由此，两人开始了联系。

如梦如痴的赵一荻被眼前的张学良深深吸引，那一刻，在赵一荻的眼中，整个会场仿佛只剩下了她与张学良二人。所有的喧闹都已停止，只剩下她与张学良的来言去语。这是赵一荻第一次如梦似醉，也是她第一次不想离开男人的怀抱。

初次的相遇令赵一荻幸福且难忘。她时常回忆起与张学良共舞时的美好场景。张学良那宽广的胸怀与逼人的霸气，早已印入她的脑海之中。那时的她，并不知道这就是爱，只觉得心里多了一个人，有一种甜甜的感觉。冥冥之中，她盼着与张学良再一次见面，可不知道究竟是何年何月。

1927 年初夏，赵一荻跟随家人来到北戴河度假。这里是当时最好的度假疗养宝地，当时很多大人物都会来此休养。原本赵一荻只是将它当成一次普通的旅行，但出人意料的是在这里她居然遇到了同样前来休养的张学良。两人不但相遇了，关系也愈发亲密。

此时的赵一荻才知道，自己已经爱上了张学良，而且她也断定，张学良也爱上了自己。所以他们确立了恋爱关系，从那以后，两人时常见面，恋情也逐渐升温。赵一荻虽然知道张学良已有妻子，但是这不能阻碍她对张学良的爱。

然而这段恋情很快被兜头浇了一盆冷水，赵一荻的父亲赵庆华十分反对女儿和张学良的恋情。他几乎是第一时间站出来反对，一是因为两人年龄差距过大，不合适，二是因为张学良已有家室，若两人日后结婚，女儿做小，自己脸上也无光。所以他强烈反对晚辈的这段恋情，并强制女儿不许与张学良见面。

父亲的反对，并没有动摇赵一荻对张学良的一颗真心。虽然不能与张学良见面，但两人依旧书信传情。他们非但没有因为赵庆华的反对受到影响，反而愈发亲密，张学良也对这个小姑娘疼爱有加。平日里他虽在外面叱咤风云，但只有在她面前，他才流露出难得的温柔。

1928 年，“皇姑屯事件”使张学良痛失父亲。他强忍着万分悲痛回家奔丧，虽然理智地安排着各项事宜，但他的内心却是崩溃的。此时此刻，他多希望赵一荻能陪伴在他身边，共渡难关。

“身在曹营心在汉”的赵一荻在收到张学良的信后，立即收拾行李，不顾家人反对毅然踏上北去的列车，只身前往东北。

赵一荻的这一去，彻底激怒了父亲赵庆华。他知道自己已经留不住女儿，但也不想就此答应他们两人的婚事。所以便登报宣布与赵一荻断绝父女关系，从此不往来。

这种结局虽然不是赵一荻所愿意看到的。但是她在自己的真爱面前，却还是选择听取内心的声音。一向执拗的她虽然觉得有些对不起家人，但对自己的所作所为又不后悔。这不仅是因为她对自己与张学良之间的爱情充满信心，也因为她对自己的未来充满信心。

然而远在沈阳的大帅府也不太平。张学良的结发妻子于凤至认为赵四小姐私奔有辱家庭门风，不打算接纳她。后来赵四下跪，向于凤至苦苦相求，并许诺终生不要名分，于凤至才答应只给她秘书的地位，没有给她正式夫人的名义。这些困难并没有动摇赵四小姐对张学良的爱情，她心甘情愿地以秘书的身份陪伴在他的身边。

于凤至本是名门之后，其文雅与贤惠深得公公张作霖赏识，因此才与张学良成为结发夫妻。只是张学良对这位女子并不喜欢，但碍于父命难违，他也只能娶其为妻。

婚后，张学良和于凤至相敬如宾，在外人看来堪称和谐，但张学良心里明白，自己并不爱她。于是年轻的少帅整日出入各大社交场所，身边从不缺乏美女相拥，但他自己从未动过真心。直到赵一荻的出现，张学良那颗躁动的心才算定了下来。

早在北戴河，张学良便将家中情况告诉了赵一荻。赵一荻当即表示自己不要名分，只要能和张学良在一起，就已满足。所以在之后的日子里，赵一荻始终以张学良秘书的身份陪伴在他身边，也从未住进张学良府中。尽管如此，她依旧很满足。

这便是赵一荻最想要的爱情，除了能与最爱的人在一起，其他什么都不要。也许就是因为这份简单，才真正打动了张学良。他们就这样过着隐秘恋人的生活。其实周围人早已知晓，但谁都未曾戳穿。这或许是对张学良与赵一荻的最大帮助吧。

在那段时间里，赵一荻一心辅佐张学良。为了做一名合格的秘书，赵一荻勤奋学习、埋头苦干。凭借聪慧与勤勉，很快便成为张学良的得力助手。有了她的辅佐，张学良的事业更加如鱼得水。

通过长时间的观察，张学良的妻子于凤至知道赵一荻不是冲着张学良的钱财和地位来的，便渐渐接受了她，并且主动邀请他来张学良的大帅府居住。她们一人负责张学良的生活，一人负责辅佐他的事业，生活也不失和谐幸福，这段日子也成为张学良一生中难得的安逸时光。

“九一八事变”后，东北地区几乎到了崩溃的边缘。张学良从一个德高望重的将军变成人人唾之的罪人。此前的赞扬和拥戴瞬间消失，而他之前犯下的错误则成为民众攻击的重点。

陪伴在其身边的赵四小姐也难逃干系，被诬为“红颜祸水”，一时间，张学良和赵一荻成为舆论热议的焦点，这让张学良万分恼火。他可以接受民众的任何批评，但赵一荻也被卷进来让他难以平复心情。因为赵一荻是他最爱的人，他不想因为这件事伤害到她，那段时间张学良的情绪一度很低落，常常独自待在屋里，谁也不见。

直到有一次，赵一荻在偶然的机会发现张学良竟偷偷注射吗啡，这让她震惊异常，于是二人大吵一架。这一架不但没有破坏两人的感情，反而让赵一荻更加明白了张学良对自己的爱。所以赵一荻痛下决心，一定要帮张学良戒毒。

为了帮助张学良一次性戒掉毒瘾，赵一荻特意为他请来了一位德国医生。治疗期间，张学良非常痛苦，他总会觉得有无数条虫子在身上乱爬，所以他总是抑制不住地在自己身上狂挠不止。为了防止他伤害自己的身体，医生决定将他绑在床上，强行戒毒。

极度难受的张学良无法缓解自己的痛苦，所以只能在床上大喊大叫。听见这样的惨叫声，门外的赵一荻也心痛到了极点。他深知张学良是为何走到今天这一步的。如果不是因为自己，张学良绝不会沾染上那可怕的毒品。

其实赵一荻比谁都痛苦，比谁都心痛。但是她现在能做的，不是哭泣不是抱怨，而是坚定地给张学良戒毒。

所以在张学良戒毒的七天七夜中，赵一荻一刻都未曾离开。她挑选了几名最为信任的警卫员与她一起守在张学良的门外。并且她自己也备好了枪，防止他人强行入内。

当时在赵一荻心中也一定是濒临绝望的，她唯一的想法就是张学良能快点好起来，否则她也没有生活下去的勇气了。此时的赵一荻，与病床上的张学良一样痛苦，一样煎熬。她手里的那把枪，除了要拒绝看望张学良的人，也是自己最后的去处，如果张学良挺不过去，她也会用这把枪结束自己的生命，陪张学良一起走。

也许是张学良听到了赵一荻的心声，也许是张学良不忍赵一荻再这样痛苦下去。七天之后，张学良奇迹般地康复了，他成功地戒掉了毒瘾。

在别人看来，这是一种奇迹，但是在他们自己看来，这是爱的力量。是爱让张学良捡回了一条命，也是爱，让濒临崩溃的赵一荻重新看到了希望。

康复后的张学良对赵一荻的爱更加浓厚了。他知道赵一荻在帮自己戒毒时的痛苦与绝望，他也知道，如果没有赵一荻，自己恐怕很难戒掉毒瘾。因此张学良发誓一定要对赵一荻好一辈子。

## 乱世重逢

长城抗战失利后，张学良明白他所遭到的一切打击都与国民党有关，他也深知如果继续跟国民党合作，会有更加悲惨的下场。所以，在赵一荻的支持下，张学良与杨虎城将军一起发动了震惊中外的“西安事变”，逼迫蒋介石抗日。

“西安事变”后蒋介石背信弃义，将张学良软禁在南京，随后张学良便开始了漫长的幽禁生涯。除了妻子于凤至，他谁都不可以见。因此赵一荻也便不能与张学良见面了。

那时的赵一荻，已经与张学良有一个不满十岁的儿子，名叫闾琳。张学良这一去，使母子俩没有了依靠，整日生活在危险之中。

情急之下，赵一荻决定带着儿子离开东北，来到南京居住。她知道国民党不可能让她见到张学良，但不试一试赵一荻依然不能死心。然而经过百般努力，赵一荻依然没有见到张学良。最终为了儿子的安全，母子二人一同去了香港，过上了相对安稳的生活。

虽然生活有了保障，但赵一荻的心却无时无刻不在牵挂张学良。十多年来，他们二人朝夕相处，恩爱有加。从没有经历过分离的痛苦。而此次一别，不知何时才能相见，也许从此生死两茫茫。

而在“牢笼”中的张学良，也心心念念地牵挂着赵一荻。如今自己已经被软禁起来了，赵一荻孤儿寡母，无人可依。而且时局又这么混乱，不知身在何处。每想到这里，张学良总是痛苦万分。他无法知道赵一荻现在究竟怎么样，也无法给赵一荻写信。

1939 年，陪伴张学良过囚禁生活的于凤至换上了严重的乳腺癌，需要马上出国治疗。张学良再三向国民党提交报告，提出由赵一荻前来接替于凤至。张学良的请求得到蒋介石的批准，责成戴笠亲去办理，但戴笠心中却揣着一个疑问：赵一荻会来吗？

此时赵一荻的情况是这样的：拥有年仅 28 岁的青春年华，过着舒适安逸的生活，可观的收入和财产足可以让她过着逍遥自在的日子。而赵一荻一直都不是张学良明媒正娶的夫人，她会放弃自己的美好生活来陪一个落寞将军过凄清的囚禁生活吗？当然，她不来陪伴张学良还有一个最好的理由，这个理由任谁都挑不出半点不是来，那就是他们的儿子还不满 10 岁，不能离开母亲的抚养。

当收到千里之外的电报时，赵一荻既高兴，又担忧。高兴的是她终于能够与张学良重逢了，担忧的是她的儿子不满 10 岁，既不能独立生活，也无亲人在香港照顾，而张学良所在的幽禁之地条件恶劣，更不适合孩子的成长。

想来想去，赵一荻把儿子带到了美国的一个朋友家里，请他们帮忙抚养闾琳。也就是说，闾琳今后的生活和学业，都要在美国进行。

临走时，闾琳紧紧拉住赵一荻的手，眼含热泪地挽留妈妈。赵一荻强忍悲伤，转身而去。就在转身的那一刻，赵一荻泪如雨下，伤心欲绝。

就这样，赵一荻毅然决然地舍离爱子，因为她知道，比起儿子，张学良此时更需要自己的关怀和照顾。即使再难过，她也要这样做。因为赵一荻知道，张学良此时是最需要自己关怀和照顾的。而能够陪在张学良身边，也是她一生最大的幸福。

1940 年，张学良被国民党送到贵州修文阳明洞，赵一荻也来到了张学良身边。当戴笠得知赵一荻真的千里迢迢来贵州陪伴张学良时，也情不自禁地赞叹:“红颜知己，张汉卿之福啊！”

乱世重逢，两人都早已改变了当初的模样。站在赵一荻面前的张学良，比以前更加苍老、消瘦。而张学良眼中的赵一荻，也没有了当年的青涩与单纯。两人的见面，少了一分欣喜，多了一分痛楚。

有了赵一荻的陪伴，张学良的生活不仅规律了许多，而且没有了寂寞。赵一荻除了照顾张学良的生活起居，还丰富了张学良的内心和精神世界。

平日里，张学良在赵一荻的陪伴下，每日看报、看书。两人时常讨论中外文学与经典名著。这种安逸与悠闲，是两人多年以来梦寐以求的。

那时，在赵一荻的鼓励下，张学良开始研究明史。而赵一荻继续为他做助手，帮他收集相关资料，整理研究笔记。因为当时张学良的视力在逐渐衰退，所以遇到很小的文字，赵一荻便读给张学良听。

除了读书和研究，赵一荻还时常陪张学良打网球、钓鱼、下棋。一时间，张学良的生活充实了起来。虽说过着软禁的生活，但也足够幸福。这难得的悠闲，使张学良与赵一荻的感情更加缠绵。

对于赵四小姐的全心付出，张学良看在眼里，记在心上。恢复自由后，他多次对媒体表示：“我这一生亏欠她甚多。”

张学良到了台湾后，被安排在一个偏远的农村。在那里，张学良与赵一荻不仅有单独的住所，还有一个很大的院子。生活之余，两人还种起了菜。平日里，张学良与赵一荻时常一起坐在地里，有时聊着什么，有时只是静静地坐着。但是两人都很踏实，也很满足。

其实在他们二人的心中，都有一个抹不去的痛，便是他们的儿子闾琳。自从赵一荻送他去美国之后，便再也没有去过。多年以后，闾琳长大成人，娶了陈济棠的女儿为妻，并且有了两个儿子。

得知已经有了孙子的张学良与赵一荻激动万分，恨不得马上飞去美国见儿子和孙子，但由于张学良还在软禁，所以每次都只能由赵一荻一人去美国探亲。但国民党每次只给赵一荻 3 天的时间，所以赵一荻来去匆匆，和晚辈一起待一天就要赶回来，苦甜并存。

软禁时期的张学良心理压力巨大，所以在宋美龄的影响下，准备信奉基督教，为自己的心灵寻一个归属。但他也遇到了一个棘手的问题：基督徒的一夫一妻制促使张学良必须在于凤至和赵一荻之间作出选择。

为了与他相守，赵一荻一生不能回拜赵家门。在张学良过去 28 年的幽禁生涯中，她陪伴了他 25 年。在失去了人生自由和光环之后，只有赵一荻是他的知己，成为他唯一的精神支柱。

这么多年来，他对赵一荻充满了内疚。当初，赵一荻不惜与父亲断绝关系与自己走到一起，而自己却没有给她一个正式的名分。他想娶她为妻，考虑再三后，张学良痛下决心，给远在美国的于凤至写信，提出离婚。

年迈的于凤至接到信后没有犹豫，立即签字同意与张学良离婚。悠悠往事，不堪回首。三十多年来赵一荻与张学良朝夕相伴，早已是事实上的夫妻，但对外赵一荻始终顶着“私人秘书”、“侍从小姐”等暧昧的称呼，这一切于凤至都看在眼里，作为张学良的结发妻子，她甚至敬佩她。

如果没有赵一荻，张学良恐怕也没有今日。所以她同意跟张学良离婚，并为他们送去了诚挚的祝福。

## 穿红色旗袍的半百新娘

与张学良结婚，是赵一荻这辈子梦寐以求的事情。这么多年以来，赵一荻始终陪伴着张学良，却从来没有提过让他娶自己。而张学良的做法，让赵一荻既惊喜又感动。没想到在两人暮年时，还会有这样一幕。

1964 年 7 月 4 日，虽值盛夏，却难得凉爽。在伊雅格的台北寓所，张学良和赵一荻举行了简朴而隆重的婚礼。主婚人是国民党前联勤总司令黄仁霖，婚礼上的嘉宾虽然仅有 12 人，但层次很高，其中就有蒋夫人宋美龄、总统府秘书长张群、国策顾问何世礼、立法委员王新衡，还有著名画家张大千和与张学良同岁的好友冯庸。

当嘉宾落座之后，深情而庄重的圣歌响起，51 岁的新娘赵一荻亮相，虽已年过半百，但她看起来依然神采奕奕，颈上一串晶莹剔透的珍珠项链清新淡雅又不失高贵，让人想起当年那个未满 20 岁就勇敢私奔的妙龄女子。

而当她踏上那别具匠心的婚礼圣坛时，又有多少人能理解她走到这一步历经多么漫长的时光。36 年，多少风雨，多少泪水，多少隐忍，才等来苦乐参半的这一天。当张学良望着自己的新娘时，赵一荻已经满眼泪花，这一幕，她已经盼望了三十多年。虽说婚礼来得晚了一些，但是他们的爱情，从未变过。依旧那样浓郁，那样芬芳。

百岁高寿的牧师陈维屏，不知做过多少次证婚人，却从未像今天这样激动。当他用颤抖的声音向赵一荻询问："你愿意这个男人做你的丈夫吗？”新娘满眼噙着泪水说，“我愿意。”这三个字是那样坚定、清晰又深沉。

张学良又何尝不是如此呢？当牧师宣布新郎新娘交换信物时，少帅那指挥过千军万马的手却颤抖不止，一时竟无法将戒指戴到新娘的手指上。见此情景在场的人们无不为之动容。在众人的掌声中，两位老人深情相视，一切尽在不言中，人们纷纷感叹：天下红颜一知己，少帅得赵四足矣。

这场婚礼迟到得太久太久，7 月 21 日，在婚礼后的第 17 天，台北各大纸媒均刊出张学良与赵一荻结婚的消息。台湾《联合晚报》用巨大篇幅报道了张学良与赵一荻的婚事，其贺词最可以代表外界的心声：

卅载冷暖岁月，当代冰霜爱情。少帅赵四，正式结婚，红粉知己，白首缔盟。夜雨秋灯，梨花海棠相伴老；小楼东风，往事不堪回首了！

四十多年来，新闻媒体不知报道了多少次关于张学良的消息，但最轰动的还属这一次。数万民众为之欣喜和祝福，这使张学良数十年后又一次成了舆论的焦点。这一次上报，也算正式向外界宣布了赵一荻的名分。三十多年的爱情终于有了结果。

## 咪咪，我来看你了

此后张学良与赵一荻一起信奉基督教，心如止水，两耳不闻窗外事，继续过着幸福的幽禁生活。在他们编写的证教小册子《新生命》中，赵一荻这样写："为什么才肯舍己？只有为了爱，才肯舍己。世人为了爱自己的国家和为他们所爱的人，才肯舍去他们的性命。"

赵一荻用自己的实际行动完美地诠释着这句话。蒋介石父子去世后，张学良基本恢复了自由身。终于逃出"牢笼"的他，一刻也不想待在台湾，于是带着妻子赵一荻去了美国夏威夷安度晚年。

但赵一荻的命运似乎注定是多波折的，当初怀孕不久，她的背上就长了一个痈疽，睡觉时只能单向侧卧，饱受疾病的折磨。

到了晚年，在美国生活的她身体状况一直很差，早在 1965 年，就因肺癌切除了一叶右肺，后来又患上了红斑狼疮。到了 1994 年，她又因肺病先后三次入院，因医治及时才得以转危为安。到 1997 年，她的左肺再次癌变……

也许是多年以来的辛苦所致，也许是所有的愿望都已实现，再无牵挂。但就是这样一位体弱多病的女子，却顽强地支撑着张学良头顶的一片晴空，续写着他们爱情史上最后的篇章。在她患重病之时，陪着她的，正是她一生的挚爱张学良。

2000 年 6 月 1 日是张学良的百岁华诞。生日宴会上张学良在面对媒体时动情地称赞自己的太太：“我太太非常好，最关心我的是她！”说到动情处，他还握紧赵一荻的手，用一口地道的东北话亲昵地说，“这是我姑娘。”

然而，造化弄人，岁月无情。在张学良百岁寿诞刚刚过完，赵一荻因多年积累的肺病入院。所有人都知道，赵一荻是强撑着身体，吊着那口气，只为看着丈夫快乐地过完百岁生日。

虽说有重病在身，但赵一荻仍然坚持在家。那一年正值 2000 年，是张学良百岁之年，赵一荻强忍这病痛，为张学良过了百岁寿诞。

作为相恋 70 多年的爱人，张学良没有在众人面前掉泪。他知道自己如果撑不住，其他人就更加难过了，所以他表面上都显得很乐观。只是在赵一荻看不到的地方才黯然神伤地落泪，喃喃低语，“太太要走了。”

6 月 22 日清晨，赵一荻已不能讲话。8 时 45 分，张学良坐着轮椅来到赵一荻病榻前，握着她的手用沙哑的乡音喊她昵称，“咪咪，咪咪，我来看你啦！”赵一荻睁着眼睛，眷恋地望着病床边的每一位亲人，最后将深情的目光停留在老伴身上，却无法开口说话，只有泪水在眼眶里打转。

上午 9 时许，医生拔掉了赵一荻的氧气管，并注射了一针镇静剂。赵一荻昏昏睡去，张学良紧紧握住她的手，不肯松开。两小时过去了，11 时 11 分，赵一荻停止了呼吸，张学良却浑然不觉，直到周围的人告诉他，他眼里浑浊的老泪才如断了线的珠子一样簌簌落下。

“太难过了，我心里难过啊！”张学良哀叹着，久久舍不得将夫人的手放下。在追思会上，张学良的情绪又复激动，难以抑制自己的情绪，痛苦地喊着：“她走了，我要把她拉回来。我要把她拉回来。”在场亲友无不为之落泪。

张学良夫妇的好友周联华专程从台湾赶来美国，主持 6 月 29 日的追思礼拜。他在致辞中动情地说："赵一荻女士当年情愿放弃人间一切，跟随张将军软禁，而且做得那么真诚，那么至善至美，那么让世人皆惊。她这样做纯粹为了爱。这爱远比最近风靡台湾的电视剧《人间四月天》所表现的爱情更专，更纯，更久远！她和汉卿互许一个未来，共担一个未来。这未来是暗淡的，是黑暗的，但她却无怨无悔……"

在这 72 年中，张学良已经习惯了赵一荻的陪伴，习惯了与他聊天、谈心，习惯身边有她的温暖。如今爱人离去，张学良变成了一个没有伴侣的孤儿，他已经无法习惯没有赵一荻的生活。赵一荻走后一年，张学良长眠于世。少帅与赵四的旷世奇缘就此画上了句号。

# 花事未了，怎奈岁月留白
# 沈从文与张兆和的似水姻缘

## 边城的自然之子

一个女子在诗人的诗中，永远不会老去。即使诗人垂垂老矣，在回想起那青葱岁月时那轰轰烈烈的爱恋时，仍会像当年那般羞涩，沉浸在女子的回信中，沉浸在甜蜜的爱情里。

因此，当年近古稀的沈从文在提到张兆和给自己写的第一封信时，仍然如孩子般伤心又快乐。恋爱真像一副机关，碰上机关就被关在恋爱的圈笼里，没有碰上机关，便是孑然一身地进出。这世上最不缺乏遍布爱情的机关，碰到合适的机关固然幸运，如若不然，苦苦的单相思会使双方陷入死胡同。

沈从文与张兆和的爱情佳话也始于一场固执但坚决的单相思，可喜的是他磐石般无转移的痴情终于打动了张家的大小姐，最终与之结为秦晋之好。

沈从文曾在《由达园给张兆和》的信中写道：“生命都是太脆薄的一种东西，并不比一株花更经得住年月风雨。我行过许多地方的桥，看过许多次数的云，喝过许多种类的酒，却只爱过一个正当最好年龄的人。我应当为自己庆幸……”

正如沈从文所言，作为一个文人，他也认同人生忽如寄的道理，所以在短暂的一生中，那样巧合如故事中的情节是断不会重现的，所以他是幸福的，至少在最美的年龄爱过一个值得爱的女子，而兜兜转转后，那个女子选择爱他。

沈从文在现代文学大家中可谓一个奇迹，在风云际会的年代，能站在船头当弄潮儿的人，要么家世显赫，有着雄厚的财力做支撑，要么有着出国留学的经历，深受新思想的洗礼，如此才有信心做时代的旗手。

但沈从文却是个例外，他只有小学的文凭，是出生在边城的自然之子，但这仍动摇不了沈从文对后世的影响。

沈从文的一生，前三四十年，以作家的身份让世人记住了湘西凤凰古城，后三十年，他以学者的身份研究中国的服饰与文物。随着近年内研究的深入，沈从文的地位不断上升，而最为专家瞩目的不是沈从文耳熟能详的文学创作，而是他对陌生文化领域的艺术探究。

沈从文，一个文化怪人，自始自终将自己称为“乡下人”，但也许正是“乡下人”的淳朴与固执，最后才博得女神青睐吧？

## 日思夜想凤求凰

了解这段爱情佳话的人应该都知道这场爱恋始于沈从文看起来有些“呆气”的三年半的追求之中。人生是一段很奇怪的路程，无论路程多么曲折，多么繁杂，该交汇的两条道路终会交汇，共同通向终点。

有着当兵经历的沈从文似乎并不满足自己仅有的小学文凭，脱下军装之后，报考了燕京大学国文班。无奈命运弄人，沈从文并未通过，因此只好去北京大学旁听，同时进行文学创作。

身处天子脚下，消息总是更为灵通，相较于以前，他可以更早地觉察到时事政治消息，因此也结识了一帮好友，如蜚声文坛的丁玲和胡也频。其后三人共同进行文学创作，并以红黑出版社的名义出版了几部单行版小说。

1928 年到达上海的沈从文不得不为生计问题而烦恼，讽刺的是，一些小报纸却在造谣沈从文已在上海买了一栋豪宅。他一度在信中劝说好友徐志摩："还是去北京吧，北京不会因为你而米贵的。"

后来经徐志摩推荐，沈从文于 1929 年收到了上海中国公学校长胡适的邀请函，主讲大学部一年级现代文学选修课。也就是在这所学校使沈从文遇到了他一生的挚爱——张兆和。他如蒲苇一样，在张兆和的风中左右摇摆，扑倒在她的石榴裙下为之深深着迷。

张兆和，出生于一个富裕的家庭，其父张吉友乐于结交胡适一样的教育界名流、投资教育事业。也许，对张吉友来说，令他最自豪的并不是丰厚的财产，而是养育了四个了不起的女儿。叶圣陶曾说："九如巷中张家的四个女儿，谁娶了她们都会幸福一辈子。"

张兆和是一个毋庸置疑的美女，她身材高挑，五官秀丽，举手投足间透露着大家闺秀的自信与从容，由于皮肤略黑，人称"黑牡丹"，是全校公认的校花。唯有牡丹真国色，花开时节动京城。张兆和自幼通习四书五经，英文讲得比苏州话还溜，通音律习昆曲，这样的女子，自小便在异性眼中散发光与热，自然也练就了冷静理智，不动声色的本领，21 岁尚未情窦初开。

沈从文以小学学历在大学教授文学史听起来有几分荒谬，但知晓沈从文经历的人都觉得胡适肯请他来，此人定有过人之处，毕竟当时沈从文在文坛上也已小有名气，因此沈从文的第一节课座无虚席，英文系学生张兆和也在其中。

学生们好奇地眼睛盯着台上的沈从文，天马行空地猜想着天才沈从文将有何种惊天言论。无奈三分钟过去了，沈从文沉默着；五分钟过去了，沈从文仍然无动于衷；十分钟过去了，一直沉默的沈从文拿起粉笔在黑板上写道："我第一次上课，见你们人多，怕了。"

这实在是最有意思的开场白，台下唏嘘声一片。后来有学生在胡适面前状告沈从文，胡适只是笑笑说："上课讲不出话来，学生不轰他，这便是成功。"如此，性格内敛的沈从文却在师生中获得了很好的人缘。

后来在一次次教课中，沈从文渐渐注意到张兆和，深深地被这位"黑牡丹"所吸引，并且不顾师生身份的约束，大胆而热烈地追求张兆和，在学校引起一片哗然。

那时候，追求女孩子并没有浓香馥郁的玫瑰花和甜言蜜语的短信问候，只靠鸿雁传书寄相思，所以沈从文的情书一封接一封传到了张兆和的面前。张兆和每天都可以收到无数封情书，有的是男生当面送给她的，有的是男生托舍友带给她的，但是忙于学业和社会活动的张兆和似乎没有时间去仔细地一封封阅读这些爱慕者的情书，只是把这些情书按名字标为"青蛙某号"，而沈从文则是"青蛙十三号"。

沈从文似乎骨子里就有一种自卑的心理，老是觉得自己是一个乡下人，即使在以后功成名就的时候也一直申明“我不过是个乡下人罢了”，所以他不敢“光明正大”地站在张兆和的面前表明自己的心意，万千爱慕与相思只能诉诸笔端。爱情可以使一个男子的智商变为零，而毫无希望的暗恋更是让沈从文备受打击，辗转万千，他把情书给了张兆和的舍友王华莲，希望她能为自己美言几句，无奈这位王小姐并没有如他所想为自己多说好话，而是客观理性地分析了二人的关系。

沈从文并没有知难而退，而是日复一日地给张兆和写情书，有时情书的重量都已经超过邮寄的重量。这种近乎荒谬的执着终于把张兆和逼到了发疯的地步，万般无奈之下她只好找到了当时的中国公学校长胡适。

不巧当时胡适正忙于公事，请张兆和晚些时候再来。其实胡适对张兆和的来意早就了然于胸，毕竟沈从文曾在胡适面毫不避讳地表达了如海的爱意。

客人离开后的客厅显得格外寂寥，胡适坐在离张兆和较远的沙发上说：“密斯张有什么事情，请尽管直说吧。”

张兆和羞赧却毅然地向胡适讲了沈先生的事情。胡适真是一位很开明的绅士，他笑着说："他崇拜密斯张倒真是崇拜到了极点。"随后他又夸奖了一下沈从文，说沈从文是一位文学天才，是中国小说家中最有希望的一位，还说社会上既然有这样的天才，我们都应该帮他。

胡适为了打动张兆和竟然说："沈先生他顽固地爱你。"张兆和也一时义气地说："但是我顽固地不爱他。"胡适默然，这个当惯月老的人终于尝到了求不得的滋味，于是心平气和地说："你写信要他现在不要和你通信，或者不要再写那样感情的信。最好是自己再写封信给他，再把态度表明一下。"

走出了胡适家里，张兆和感到五味杂陈。后来张兆和在日记中写道："我没有觉得已和一位有名的学者谈了一席话，就出来了。"殊不知胡适向来有"爱成人之美"的"君子癖好"，张兆和回去后写信告诉沈从文说："一个有伟大前程的人，是不值得为了一个不明白爱的蒙昧女子牺牲什么的。"她许深知沈从文的付出，但爱情从来不是用付出多少来成全的。

此事过后，胡适给沈从文写信说："我的观察是，这个女子不能了解你，更不能了解你的爱，你错用情了。”沈从文也毅然写信表明态度：“我希望我能学做一个男子，爱你却不再来麻烦你，也不必把我当成‘他们’的一群，来浪费你的同情了。互相在顽固中生存，我总是爱你你总是不爱我，能够这样也仍然是很好的事。我若快乐一点可以使你不负疚，以后总是极力去学做个快乐的人。”这是多么卑微的爱慕之情。

1930 年胡适离开中国公学，沈从文也因故离开。来时赤条条无牵挂，走时十分魂魄却失了七分在这里。

即将要离开的沈从文不得不为这段爱情来个了结，而后沈从文的一封六纸长函深深地影响到了张兆和。她曾在日记中记录：“看了他这信，不管他的热情是真挚的，还是用文字装点，我总是觉得我自己做错了一件什么事，因而陷他人于不幸之中的难过。我满想写一封信去安慰他，叫他不要因此而悲伤，告诉他我虽不能爱他，但他这不顾一切的爱已经深深地感动了我。在我离开这世界以前，在我心灵有一天知觉的时候，我总会记着，记着这世上有一个人，他为了我把生活的均衡失去，他为了我舍弃了安定的生活而去在伤心中刻苦自己。”

此后张兆和并没有再次拒绝沈从文的来信，因为沈从文自以为卑微的爱已经使张兆和的心备受煎熬。从 1929 年下半年起，沈从文开始了自己写情书的漫长生涯，即便 1932 年沈从文被家人所迫去苏州张家提亲，也从未间断用情书表达爱意。

也许对这样一个木讷而执着的人，只有纸和笔才不会阻碍自己感情的表达。面对面的交流，总是让他感到局促，哪怕对方一个眼神，一声叹息，都会使沈从文坐立不安，何况细吐相思之意。

隔着数千里的距离，隔着万里的心跳，沈从文有足够的时间来琢磨自己内心的想法，然后付诸笔端，就如一壶好酒，酝酿得时间越长就会越香醇。

在这三年半的情书中，最令人难以忘怀的恐怕是1931年6月的《由达园给张兆和》。就是在这封信中，已经爱到发狂的沈从文提出了要做张兆和的“爱情奴隶”的宣言。

他在信里说：“我曾做过可笑的努力，极力的同另外一些人要好，到别人崇拜我愿意做我奴隶时，我才明白，我不是一个首领，用不着别的女人用奴隶的心来服侍我，却愿意自己做奴隶，献上自己的心，给我所爱的人。我说我很顽固的爱你，这种话到现在还不能用别的话来代替，就因为这是我的奴性。”

不知道张兆和看到这样的表白是怎样的感受，但我在看到最后一句话“就因为这是我的奴性”时就不得不佩服沈从文高明。鲁迅先生曾经用奴性来批评中国人的劣根性，而沈从文却用奴性来表达自己爱得毫无地位可言。

## 曲中自有良人助

1932 年 7 月的一个上午，太阳照在苏州九如巷的半边街道里，烟雨朦胧的江南更显梦幻。石库门框黑漆大门外，来了一位文文静静、秀秀气气身穿灰色长衫的青年人，戴着一副近视眼镜，愈加显得文质彬彬。

开门的老头问来者何意，这位青年人说他姓沈，从青岛来，来找张兆和。老头告诉他，三小姐去图书馆看书了，并礼貌地请沈从文进来。沈从文听到张兆和不在家的消息，一颗悬着的心瞬间坠落，像是狂风吹皱月光，碎了一池。

老头一看情势不对，立刻请来家中管事的二小姐张允和，张允和见过沈从文之后，遗憾地告诉了他三妹去图书馆看书的消息，但希望沈先生留下地址，以便三妹回来时再去拜访。沈从文留下地址就告辞而去，萧索的背影落在了张允和眼中。

待张兆和从图书馆回来之后，张允和就把沈从文的来意说明，无奈张兆和脸皮太薄，不好意思亲自去拜访，去了也觉得无话可说。

张允和就教三妹说："我家有好多个小弟弟，很好玩，请到我家去。"真是一个调皮的主意。一向聪明伶俐的张兆和竟听信了二姐的话，再次站在沈从文面前之时，就如同背书一样，僵硬地讲出了自己的邀请。

沈从文哭笑不得，最终还是和张兆和一块儿回去，再次拜访了张家，这一次沈从文受到了张家孩子们的热情招待。大概一周之后，沈从文再次返回青岛教书，但是与张兆和的通信却从未间断。

1933年初春，张兆和像往常一样再次收到了沈从文的来信，看信的过程中不经意地流露出少女的羞涩。原来是沈从文在信中想要二姐帮他向父母提亲，并且还一再嘱咐，若佳音有望，就让这个“乡下人喝杯甜酒吧”。

文人果然善于察言观色，于万千人之中单单选择了张允和这位“管家婆”可谓是慧眼识珠。也许这对师生恋在一般家长面前是难以接受的，可是沈从文何其有幸，碰到了一个开明的岳父，又有一位古道热肠的“媒婆”，婚事轻而易举地就拿下了，就好像本来已经做好了一场持久战的准备，可是转眼之间凯旋的消息就传遍了每一个角落，不可谓不惊喜。

喜讯一出来，乐坏了大媒婆，报喜的心情可想而知。但当时沈从文远在青岛，而张兆和又在苏州，可谓是两地空牵挂。那个时候没有古代的鸿雁来传书，倒是欧风美雨送来了一个神奇的通信工具——电报。

彼时的电报更注重言简意赅，文言无疑是最好的选择。于是张家二小姐就坐着人力车到邮局，只是简单地说了几个字：“山东青岛大学沈从文允”！真是一封妙极的半字电报。其实只是说了一个字“允”，“允”即是允许的“允”，也是张允和的“允”，一字双关。准新娘张兆和听到却并没有这么高兴，反而是焦躁不安，放心不下，所谓关心则乱，醉入爱河的张兆和不断地担心沈从文的质朴与顽固参不透其中的机密。

因此这位三小姐再次来到邮局，却只是用白话文简单地写了一句：“乡下人喝杯甜酒吧兆”！此言一出，“黑牡丹”脸上浮现出狡猾而甜蜜的笑容，实在是一个让人放不下的女子。

纤云弄巧，鸿雁传情，这短短的两句话：让乡下人喝杯甜酒吧与乡下人来喝杯甜酒吧，局外人乍听之下必然以为是酒席之间的推杯换盏，只有局内人才知道这有关饮食的两句话却是一生的邀请与许诺。

此时他们一人在苏州，日日盼君不止，一人在青岛，期盼鸿雁传佳音。这封简短的“蜜”电使二人多年之后想起，仍会相视一笑，那一句情话即是一生的承诺！

## 相濡以沫风雨共

1933 年 9 月 9 日，沈从文与张兆和在北京中央公园结婚，这段由单恋而始的爱情马拉松画上了句号，乡下人沈从文终于抱得美人归。

沈从文这个爱情奴隶再也不必卑微地匍匐在张兆和的脚下，也不必看到满天的星光都想到张兆和的眼睛，那句“‘蒲苇’是易折的，‘磐石’是难动的，我的生命等于‘蒲苇’，爱你的心希望它能如‘磐石’”成为他们爱情的见证，见证沈从文的心是否如磐石般无转移。

婚后的沈从文因故返乡，告别了新婚燕尔的娇妻就毅然踏上了返乡的路程，走时看似潇洒，身在船上，思念却如海水般一波波地涌了上来，绵延不绝，浸入肺腑。

于是文人的习性又一次被发挥到了淋漓尽致的地步，健笔一支，用笔和纸记录自己在这一路上的所见所想，并寄给自己亲爱的“三三”来分享这一路的酸甜苦辣。因为有了牵挂，这次返乡的路程并没有往昔那样的孤单与漫长，一路走来风景如画，只是少了那一袭倩影。

在家的张兆和也是牵挂非常，毕竟常伴左右的身影骤然远离，不可谓不失落。于是也把寸寸相思倾注笔尖，如果婚前是沈从文一个人的求爱信，无论有无回复，都固执地写下去。

张兆和在给沈从文的信中，并不讳言自己的担心与牵挂，热切地说："亲爱的二哥，你走了两天，便像过了许多日子似的。天气不好，你走后，大风也刮起来，像是欺负人，发了狂似的到处嘶吼。长沙的风是否也这样不怜悯地吼，把我二哥的身子吹成一块儿冰？为这风，我很发愁，就因为这时坐在温暖的屋子里，有了风，还把心吹得冰冷。"

这绵绵情话当然很快得到情郎的回应，字里行间流露出浓浓爱意。沈从文反言安慰道："三三，乖一点，放心，我一切好！我一个人在船上，看什么总想到你。"这期间，沈、张二人忘情地啜饮着爱情的甜酒。

然而，曾几何时，这杯甜酒竟变了味，变成了一杯苦涩的酒。在抗日战争全面爆发的头几年中，他们的爱情经受了考验。

北平沦陷后，沈从文与几位知识分子化装南逃，张兆和带着两个孩子留在了北京。至于张兆和留京未走的原因，后人不得而知。不过从他们二人的通信之中就可以看出，二人的婚后生活并没有想象中那样的甜蜜与和谐。

恋爱是一杯蜜酒，可以花前月下你侬我侬，婚姻却是一种生活，柴米油盐鸡毛蒜皮。张兆和曾嫌弃沈从文不善理财，又在收藏古董、文物上花了不少钱，说他过去生活太奢侈，不知节俭，“打肿了脸装胖子”，“不是绅士而冒充绅士”，弄得现在的生活十分紧张。

也许是文人生性豪爽，习惯了“挥金如土”的感觉，佳日三五好友相聚，举杯唱和必然也是常有之事。也许张兆和以前答应沈从文的要求，可能是出于感动的原因，在这场三年半的恋爱马拉松中沈从文的爱情付出无疑多于张兆和，但是当激烈的感情最终回归于柴米油盐的平淡时，这颗疲惫的心也许想要向现实低头了。

但说分别又谈何容易，这几年的相濡以沫岂能轻易一笔勾销？爱情的结晶——龙朱和虎雏正是维系这段感情的纽带，感情都是由激情回归平淡，由平淡回归相守。

在浓浓的硝烟中，这段感情终于恢复如初。在接下来的政治运动中，两人无一幸免地卷入其中，张兆和下放到南方的乡村接受改造，沈从文也即将下放接受改造。

1969 年的初冬，沈从文对前来相送的张允和拿出了张兆和当年给自己写的第一封信，这个已快七十岁的老者竟然再次潸然落泪，并且流露出孩子一样快乐与羞涩交织的表情。这几十年来的相携相扶，张兆和终究是深深地烙印在沈从文的心中。

1988 年 5 月 10 日晚上 8 点 35 分，沈从文终于在病床上停止了呼吸。在他生病的这五年里，张兆和日夜守护在病床周围，这最后的相濡以沫验证了这段感情的坚贞。

沈从文去世之后，张兆和整理沈从文留下的书信和文件，却发现在过去的日子里对于丈夫的理解有着许多偏差与空白。

1995 年 8 月张兆和曾在文章中写道："从文同我相处，这一生，究竟是幸福还是不幸？得不到回答。我不理解他，不完全理解他。后来逐渐有了些理解，但是，真正懂得他的为人，懂得他一生承受的重压，是在整理编选他遗稿的现在。过去不知道的，现在知道了；过去不明白的，现在明白了。但是太晚了！为什么在他有生之年，不能发掘他，理解他，从各方面去帮助他，反而有那么多的矛盾得不到解决？悔之晚矣。”

花事未了，奈何岁月留白，这一生的遗憾与悔恨只能留待来世再续前缘。两个来自不同世界的人，一半儿温心一半儿冷，一场用情书赢来的爱情在岁月的洗礼下显得愈发珍贵。

# 冰冷笔尖烈火心
# 鲁迅与许广平的时光烙印

## 爱便是爱了

真正的爱情是幸福的，真正的爱情也是热烈的。不论当时的年龄、身份、经历，只要一坠入情海，便会即刻燃烧。鲁迅和许广平就是如此，爱情之火一旦燃起，任你是横眉冷对千夫指的男人，还是饱受飞短流长的女人，甚至二者之间横亘着礼仪师表世俗之礼的鸿沟，都无法阻止坚定地伸向彼此心灵的双手。

爱便是爱了，爱便是如鲁迅所言对其他女人“目不斜视”的承诺，爱便是如许广平所言“神未必这样想”的鼓励，爱便是“十年携手共艰危”的不弃不离，正是许广平用执着而勇敢的追求融化了鲁迅冰冻已久的心灵。

在我们大多数人的理解中，鲁迅或许就是教科书上那个冷冰冰的留着一绺胡须的作家，或许是那个发出“不在沉默中爆发，就在沉默中灭亡”的呼喊的革命家，抑或是“躲进小楼成一统，管他冬夏与春秋”的明哲保身的学者……

鲁迅有着万千张面孔，我们也习惯了他在历史的舞台上扮演生旦净末丑各种角色，但我们忘记了在他洗尽铅华之后，还有一张和大多数热恋中男女一样悲喜不变、阴晴不定的恋爱的面孔。

鲁迅和许广平的爱情之所以成为人们茶余饭后的谈资，很大原因是二人师生关系的牵绊以及鲁迅背后永远爬不到房顶的蜗牛一般的朱安夫人。人们总喜欢在捕风捉影的恶行与挑战“世俗”的恶趣味中发现想要理解的东西聊以自慰。

但只有认真读过《两地书》且熟悉二人恋爱史的人才会明白：鲁迅与许广平的相恋不是世俗所不容的乱伦之恋，只是一个女子在年华正好的时候遇到了灵魂伴侣，从而为了幸福不再畏惧蜚短流长，大声呼喊出“风子是我的爱”的爱情宣言。

鲁迅作为中国现代文学的奠基人，毛主席曾评价他是中华民族的脊梁，他的骨头最硬，没有丝毫的奴颜和媚骨。鲁迅的儿子周海婴却说：“或许是由于政治需要，很长一段时间，鲁迅的形象都被塑造为“横眉冷对”，好像不横眉冷对就不是真正的鲁迅或社会需要的鲁迅。的确，鲁迅是爱憎分明的，但不等于说鲁迅没有情感，没有他温和、慈爱的那一面。”的确，鲁迅关心国事，关心家事，更不忘自己的私事。

鲁迅由公费派遣日本留学，不想日本之行对其以后的人生道路产生了不可磨灭的影响。在日本留学期间关于鲁迅个人私生活的流言传到了鲁迅母亲的耳中，说鲁迅和日本女人厮混，甚至有人造谣说私生子都有了，这可惹恼了老太太，一怒之下以自己病危的借口骗鲁迅由日本回国，鲁迅抱着赴葬礼的心情归乡，没想到现实是一片红色的海洋迎接了鲁迅的到来，至此鲁迅有了自己名义上的第一个女人——朱安。

但是一个满脑子封建思想、裹着小脚的女子怎么会和留学日本的鲁迅有共同语言？这样的婚姻从一开始就是错误的，因此这段错误的婚姻围城困死了永远都见不到太阳的朱安，也使鲁迅在生命中的很长一段时间都得为这段有名无实的夫妻关系背负起良心的拷问和舆论的谴责。

## “风子是我的爱”

1923 年秋天鲁迅应好友许寿裳之邀，到北京女子高等师范学校讲课，就是在这里，年近 42 岁的鲁迅迎来了生命中的第一次恋爱。命运真的是一个神奇的东西，也许上帝故意把男人身上的肋骨扔的好远好远，有的男人在寻找肋骨的途中难以承受风尘之苦，随便找了一只肋骨带回去，从而遗憾一生；而有的男人倾尽全力去寻找最适合自己的肋骨，机会总是垂青于付出努力之人。也许鲁迅并没有刻意去寻找迷失的肋骨，但是这根肋骨却很有灵性地找到了原来的归属。兜兜转转，最终还是再次遇见了彼此。

许广平是广东番禺人，生于 1898 年，比鲁迅小十七岁。出身于广东的一个显赫家族，父亲许柄坛是一个半开明绅士，因此从小就具有叛逆精神的许广平经过斗争，就被允许像男孩子一样读书、学官话、上学堂，连缠足的罪也免了。

许广平的祖父做过浙江巡抚，官阶高至二品，是一位位高权重的封疆大吏。父亲虽然终生不仕，却极富文才，较为开明，他不像一些封建家长那样专横暴戾，也算不上十分保守。不过他也会做出一些新派看来荒唐、旧派看来正常的事。

在一次与朋友的喝酒碰杯中，许柄坛把自己出生三天的女儿许广平许给了一个马姓人家。也许清醒后的许柄坛后悔一时冲动之举，但是君子一言驷马难追，这桩婚事也只能这样说定。随着许广平年纪渐大以及所受思想的影响，完全拒绝了父母的这种包办婚姻，最终由许广平的二哥出面，几经周折，以经济赔偿了结了这段未成形的婚姻。

1917 年，许广平考入了天津女子师范学校。在天津求学期间，发生了震惊中外的五四运动。许广平的性格本来就豪爽粗犷，大胆泼辣，又好读飞檐走壁、朱家郭解、扶弱锄强等故事，遂更幻想学得剑术以除尽天下不平之事。

1921 年许广平在天津女师毕业以后，1922 年又转至北京，考入北京女子高等师范学校。此时的许广平正是人生中最美丽、最富幻想、最求上进的时期。更何况五四运动的自由与民主的精神仍然存在，许广平就在这一时期遇到了她的初恋情人李小辉。但是不幸的是，李小辉 1923 年死于猩红热，许广平深受打击，从而把更多的精力投入到当时的社会运动之中。

鲁迅在北师教书期间，主要讲授两门课，其中一门是中国小说史，教室可谓是座无虚席。而许广平就是在这种背景下首次见到了鲁迅。

许广平虽然个子很高，但上课总是坐在第一排，这样就可以听得更清楚一些。多年后许广平回忆当时二人首次见面的情景说："许久许久，同学们醒过来了。那是初春的和风，新从冰冷的世间吹拂着人们。阴森森中感到了一丝暖气，不约而同地大家吐了一口气，回转过来了。"不难看出，鲁迅于许广平来说就是一缕春风，为寒冷的冬天带来了无限希望。

对鲁迅的外貌许广平也有一定程度的描述："突然，一个黑影杂子投进教室来了，首先惹人注意的便是他那大约有两寸长的头发，粗而且硬，笔挺地竖立着，真当得'怒发冲冠'的一个'冲'字。一向以为这句话有点夸大，看到了这，也就恍然大悟了。褪色的暗绿夹袍，褪色的黑马褂，差不多打成一片。手弯上，衣身上许多补钉，则炫着异样的新鲜色彩，好似特制的花纹。皮鞋的四周也满是补钉。人又鹘落，常从讲坛跳上跳下，因此两膝盖的大补钉，也遮盖不住了。一句话说完：一团的黑。那补钉呢，就是黑夜的星星，特别熠眼耀人。”这段外貌描写把鲁迅先生当时不修边幅、率性而为的性格描写得淋漓尽致。但是当时许广平对于鲁迅而言只是万千学生之一，并无什么特别之处。两人关系获得实质性进展要归功于学潮运动。

1925 年北师大发生了驱逐校长杨荫榆的风波，许广平正是为首的几个风云人物之一。1925 年 3 月 11 日许广平以“谨受教的一个小学生许广平”的名义给鲁迅先生写了第一封信，主要讨论当时的教育问题以及苦闷的解决问题。信里的措辞极为柔软、撒娇，还伴随着捂着嘴笑的羞涩，明智者若鲁迅先生，一看便知，这是一个暗地里喜欢自己的人。

鲁迅先生当日就写下了回信，称呼竟然是“广平兄”，对于学生的一些问题，鲁迅先生给出了一些自己的看法，但是在关于“有什么法子在苦药中加点糖分”的问题，鲁迅先生则调皮地回答：“苦茶加糖，其苦之量如故，只是聊胜于无糖，但这糖就不容易找到，我不知道在哪里，只好交白卷了。”老师向学生交白卷，一方面可以看出鲁迅先生的坦诚，另一方面也可以看出鲁迅先生未泯的童心。

之后许广平又写信询问鲁迅称自己“广平兄”的原因，并将称呼“鲁迅先生”改为“鲁迅先生吾师左右”，自己的落款改为“小学生许广平谨上”，信中主要还是讨论当时的形势问题，但是从彼此的称呼可以看出两人在逐渐走向熟悉。但是随着许广平在信中的自称，我们清楚鲁迅先生已经不单纯地把她作为一个学生来看待，甚至还给她赐名“小鬼”，许广平竟也十分喜欢这个名字，并署于信的落款之处。

1925 年 5 月 7 日女师大校长杨荫榆在学校布置演讲会，请校外所谓的名人来演讲以壮大她自己的声势。然而当她主持会议的时候，学生们在台下集体反对，让她下台。两天后，她以“女师大评议会”的名义开除了学生自治会成员，被开除的学生中就有许广平，并把许广平称为“害群之马”。

当天晚上，许广平给鲁迅写信，在最后曾写道：“给我喝一杯冰激淋吧。”鲁迅到底是关心许广平的，于是便找来周作人、沈尹默、钱玄同等“语丝派”成员，在 5 月 27 日的《京报》上发表了《对于北京女子师范大学风潮宣言》。

许广平看到后十分感动，给鲁迅写了一封长长的信，不仅补充说明了她的过往，而且劝诫鲁迅要戒多饮酒，请少吸烟。至此，两个人交流的内容除了空泛的理想和精神，终于落了地，成了饮食男女，开始关心对方的身体及健康，开始挂念彼此的生活与情感。

小鬼许广平因此有了第二个称谓——“害群之马”，在以后二人的通信之中，鲁迅亲切地称其为“害马”或者“H.M”。在 1925 年的学潮暴动之中，两个年纪相差几乎二十岁的异性，慢慢伸出了双手。

许广平的笔墨既小心翼翼，又大胆奔放，她和鲁迅的交往可以用她 1926 年初冬给鲁迅编织的那件毛背心比喻，既要小心翼翼地穿针引线，又要大胆奔放地设计有关爱情的图案，她的书信，就需要有毛背心的温度，暖热了鲁迅先生久已孤单寂寞的心。

许广平被学校开除后就躲在鲁迅家南屋，近水楼台先得月，许广平因此可以进一步接触到鲁迅。随着两人交流的增多，鲁迅对许广平提出“别人可以这么闹，唯独你不可”的要求，此刻，许广平深深地感受到了鲁迅对她的另眼相看，这说明鲁迅对她已经有了特殊的感情。

正是在学潮的风暴中，鲁许二人的感情在不断升温。这固然是因为他们的思想观点大致相同，同属于血性之人，而且他们相处日久，不断有书信往来，这便是感情的基础。在现实生活中，只是思想观点相同的人可以成为同志或是很要好的朋友，却不一定能够成为情侣，因为爱情的发生主要是情感的交流融汇。

1925 年 10 月许广平写了《风子是我的爱》，最感动鲁迅的是：“它——风子——承认我战胜了！甘于做我的俘虏了！即使风子有他自己的伟大，有他自己的地位。渺小的我既然蒙他殷殷握手，不自量也罢！不相当也罢！同类也罢！异类也罢！合法也罢！不合法也罢！这都和我们不相关。与你们无关系，总之，风子是我的爱。”

不得不佩服许广平的勇气，如果没有许广平的执着，估计鲁迅先生还会遵守以前的做人规则：自己背着因袭的重担，肩住了黑暗的闸门，放他们到宽阔的地方去：此后幸福地度日，合理地做人。

## 青鸟频传云外信

1926 年，厦门大学的林语堂来信邀请鲁迅到厦门大学任教，此时许广平也面临着找工作的问题。与此同时，有人推荐她回广东女子师范教书，这是她的母校，她当然乐意回去。

尽管许广平不能和鲁迅同在一个地方工作，但可以同时离开北京，一块儿南下谋生，也算是不幸之中的万幸。

二人在分别时计划："好好地为社会服务两年，一方面为事业，一方面也为自己的生活积累一点必要的钱，两年之后再相见。"鲁迅南下必然要去向母亲辞行，一向沉默寡言的朱安却明白了"大先生"的内心打算，而且对于"大先生"而言，目前所有的一切都是可有可无的，只有仅有几面之缘的那位许小姐才是"大先生"此刻真正在乎的人。

她本以为只要自己好好地做鲁迅背后的蜗牛，慢慢地往上爬，总有一天会爬到房顶看到阳光，没想到鲁迅和许广平的南下活活地斩断了这只可怜的蜗牛的道路，至此，朱安彻底在内心与鲁迅告别，决心好好伺候婆婆。

鲁迅南下之前曾做过一个积极向上的演讲，他说："希望是附丽于存在的，有存在，便有希望，有希望，便有光明。黑暗只能附丽于渐就灭亡的事物，一灭亡，黑暗也就一同灭亡了，它不永久。然而将来是永远要有的，并且总要光明起来；只要不做黑暗的附着物，为光明而灭亡，则我们一定有悠久的将来。"

这段饱含激情的演讲可以说是鲁迅对于刚刚经历过"三一八"惨案的广大人民的鼓励，又未尝不可看作是鲁迅对于爱情未来走向的保证，尽管今日分别在即，但此次分别是为了来日更好的重逢，而且来日定会重逢。我相信聪慧如许广平是可以明白话中之意的。

1926 年 8 月 26 日，鲁迅与许广平同乘一辆列车南下上海，许广平为了多陪鲁迅一程，体味携手人生笑红尘的滋味，决定绕远路南下广州。

无奈送君千里终须一别，在这个战火纷飞的年代，他们希望此次告别不会是后会无期。自此厦门广州，苍天无眼，拆鸳鸯在两下里。

鲁迅与许广平从相识相知到相恋几乎没有分别过，爱情的火焰才刚刚点燃，火焰正开始熊熊燃烧之时突然要忍受异地恋的痛苦，滋味可想而知，思念之苦深入骨髓。

也许男子生来就比女子更会克制自己的情感，鲁迅任凭相思之痛溢满全身，还仍然可以沉住气在船舷上看蓝色大海上上下翻飞的海鸥，在脑海里面勾画到达厦门以后的生活。而一向以豪爽著称的许广平却难以抵制相思之苦，在舱房里开始既像随感录又像记流水账一般地给鲁迅写信，汇报一路南下的所思所感，小儿女之态跃然纸上。

不妨各摘录二人书信一段，了解一下这对热恋中的情侣。许广平给鲁迅的信中曾有一段内容如下：

“睡起看水色已变绿了，浅浅的绿色，泛出雪白的浪花好看极了，因为在多年的沙漠生活中的我见着，然而，也更可气，舱面挤满了铺盖、水桶、货物，房的窗口也总坐着成排的人，高高地坐在箱上，遮盖得房内漆黑，而我又在下层床，日里又要听基督圣谕，my dear teacher，你的船中生活怎么样的呢？”

My dear teacher 的称呼已经足以说明二人的感情此刻已达到如胶似漆的地步，但从内容来看，这其实就如流水账一样，平淡无奇，然而平淡之中又多少透露着一些小女儿的心思：她希望鲁迅先生时刻记着她，她希望了解鲁迅先生的日常生活，其实更渴望鲁迅先生的回信，但是又有一种近乡情更怯的惶恐。

鲁迅表面的若无其事却掩饰不住内心对于许广平的刻骨思念，他只是更善于隐藏而已，然而这座冰山底下隐藏的火一般的思念迟早会把这座冰山融化。果不其然，鲁迅乘船到达厦门。一安顿好住处便给许广平写信，信中的思念之苦也是可见一斑：

“我写此信时，你还在船上，我当于明天出发，则你一到校，此信也就到了。我在船上时，看见后面有一只轮船，总是不远不近地走着，我疑心就是‘广大’。不知你在船中，可看见前面有一只船否？倘看见，那我所悬拟的便不错了。”

两封不同的信，分别来自不同的时间和地点，但内容都围绕着船，可谓心有灵犀一点通。

鲁迅在厦门大学因为没有足以与语的人而感到寂寞无聊，所幸者，那里的学生非常喜欢他，热爱他，而他也非常喜欢这些可爱的青年学生，从他们那里能够感受些青春的活力，精神上得到一些安慰。

而这些仰慕他的学生之中当然也不乏女学生，鲁迅就在信中告诉许广平说："我决定目不斜视，而且将来永远如此，直到离开厦门，和 HM 相见。"这其实是恋人之中常见的玩笑话，但是出自写过《阿 Q 正传》的鲁迅之手，实在是让人大跌眼镜，如此冰冷的笔尖竟可以写下谑意十足的笑谈，鲁迅果然拥有千张面孔。

据说厦门大学种有相思树，鲁迅闲暇时就会坐在相思树下回忆和许广平在北京相处的点点滴滴，也思考着该怎么回复"小鬼"的来信，这成了鲁迅每日的必修课。

后来常常有一群猪来啃相思树，鲁迅这时便挽起袖子，上跳下蹿地驱逐野猪，所以在厦门大学里面，学生常常看到鲁迅先生的教鞭不是用来训诫学生，而是用来驱逐破坏相思之苦的野猪。

然而这种两地总关情的相思之苦并未持续太久，一年之后鲁迅受聘于中山大学，提前结束了他和许广平的“两年之约”。关于鲁迅由厦门大学转去中山大学的原因各种各样，难以忍受相思之苦，想和许广平早日团聚也是重要原因之一吧！

鲁迅在中山大学担任文学系教授，同时兼任学校教务主任，许广平为他的助教。由于鲁迅在文学界以及思想文化界的崇高地位，登门拜访的人络绎不绝，鲁迅成为羊城的新宠儿。

“四一五”惨案的发生让鲁迅看到了现实的黑暗与残忍，以前他曾在北京亲眼看见青年学生的鲜血是怎样洒落在执政府门前，而如今再一次看到青年的热血洒遍街头，令鲁迅彻底认清了现实。

如果说鲁迅到达厦门不久之后就被冰冷的现实所刺激，感到自己未免有一些天真；现在，当怀着满腔的热情来到这“革命的策源地”后不久，这种更为残酷的现实已经令他目瞪口呆。

在和许广平商议之后，9 月 27 日下午，随着一声汽笛鸣响，“山东”号轮船从广州破浪而去，驶向上海。在四周波浪翻滚的环境之中，鲁迅与许广平站在船头甲板上，遥望前方，心绪翻滚。这一次，他们二人是真的抛开了世俗的目光紧紧地结合在了一起，虽然未来深不可测，但是他们有信心有力量去开创新的生活。

## 寻常夫妻情亦真

10 月 3 日鲁许二人经过一周的航行抵达上海，在这个刚被革命者鲜血侵染过的大城市中，鲁许二人把此地作为二人以后的共同生活之地。

10 月 8 日在周建人等一些亲友的帮助下，二人搬进了横滨路景云里的一幢旧房子，二人正式开始了同居生活。他们二人事先达成协议：两性生活，贵在情投意合，相互信任，除当事人外，没有任何人可以束缚；日后，如有一方不满意，绝不要争吵，也用不着法律解决，如果觉得同居没有必要了，那就各走各的路。

他们同居后的生活，在物质上可谓是简朴的，但在精神上却极为富有。从 1927 到鲁迅 1936 年逝世这将近十年的时光中，鲁迅迎来了他一生中创作量最丰富的时期，也收获了两人爱情的结晶——周海婴。

鲁迅是一个寡言的人，想要鲁迅的表白实在是难得。但鲁许并不是一个吝于讲爱的人，他曾执起许广平的手饱含深情地说：“我就爱你一个人。”他紧接着又说：“我要好好地为中国做点事，才对得起你。”

许广平也深情地说了一句：“先生，我理解你，相信你。”在他们的书信以及交流中，并没有华丽堂皇的辞藻，没有悱恻和缠绵的柔情，许广平曾说：“我们之间没有灿烂的话，没有热恋的情，我们心换着心，为人类工作，携手偕行。”

1935 年冬，鲁迅先生的身体情形每况愈下，在未与许广平相识之时，鲁迅从未觉得生命如此可贵且短暂，但是自从和许广平相识相恋之后，鲁迅却想要再向老天祈求一些光阴。

1936 年 10 月，鲁迅已是油尽灯枯之态，许广平昼夜陪伴在鲁迅身边，当二人目光相接之时，许广平便安慰鲁迅说：“病似乎轻些了。”接着为鲁迅擦汗，鲁迅紧紧地握住许广平的手久久不肯松开。

19 日清晨，鲁迅在大家的呼唤声中结束了他短暂却绚烂的生命。这个一代文豪再也听不见世间的任何声音了——无论是爱的声音还是恨的声音，无论是赞赏的声音还是鄙视的声音，他静静地去了一个可以安静思考的世界了。也许他年轻的生命太累了，需要好好休息。

在鲁迅先生逝世之后，许广平写了一首诗——《为了爱》。她说："在深刻了解下，你说，'我可以爱'，你就爱我一个人。我们无愧于心，对得起人人。此刻，有些人忽然要来清算，横给我们罪名。说什么'每星期都有信'，好似我从中作梗。卑鄙的血液染黑了黑夜封建的思想盘踞着的神经。他们想拿法律，杀害普天下人。在亚当夏娃的心目里，恋爱结合神圣；在将来解放的社会里，恋爱，再志同道合，成就婚姻。"

许广平，这个和鲁迅同居并诞育孩子的女人，在鲁迅去世之后，仍然执着而勇敢地爱着鲁迅先生，护卫着鲁迅先生的名声。

在这个世界上，经得起多大的诋毁，就有多大的话语权，因此这段师生恋成为文坛的一段佳话。在鲁迅离世之后，许广平承担了照顾朱安的责任，直至其老去，用行动为我们诠释着什么是"爱屋及乌"。

林语堂曾说："周氏兄弟，周作人是热的，周树人是凉的。"我却不以为然，恋爱中的鲁迅先生是热的，即使是冰冷的笔尖也透着一股热度，因为他被来自春天的许广平解冻了严冬的寒冷，鲁迅的春天是绚烂的，当然，这段恋情也是五彩缤纷的。

后记

# 民国爱情——遇一人白首

民国那段时光，是属于爱情的盛世华章。在新旧交替的时代，爱恨情仇齐飞。在本书中，有媒妁之言的父母之命，有自由恋爱的才子佳人。到底是跨越旧门槛，还是走进新时代？在本书中，不一样的爱情故事却有着一样难以抉择的爱情纠葛。

《我要傍近你　方不致难过：他们谋生亦谋爱》这本书完美地呈现了民国史上最浪漫、最凄美、最动人的爱情故事。

有剑河康桥的惊鸿一瞥，有十里洋场的风姿妩媚，有滚滚红尘的笑靥如花，有红尘之外的枯灯古刹。她们，如烟花般绚烂，却比烟花寂寞三分，他们如美玉般温润，却比美玉坚韧熠熠生辉。他们不仅有